かっかどるどるどぅ

若竹千佐子

河出書房新社

もくじ

かっかどるどるどぅ

かっかどるどるどぅ

第一話

山鳥の尾のしだり尾の

あいやぁ、今、今のこと、今のこと。

女がひとり暗い夜道を乱れてよたよた、あっちにふらふら歩いているよ。大方《おおかた》、途中で酒でも引っ掛けたのか。年のころなら五十はとっくで六十も過ぎて七十までではいってはいなそなこの女、ここがどこでどこを歩いているのか分かっているのか。分かっているよ。分かってるってば。入り組んだ路地の一角に、吸い込まれるように入っていった。直《じき》に古アパートの赤さびた鉄階段を一歩、また一歩と重たい足取りで上がる。女の表情はとらえがたくて、喜んでいるのだか苦悶《くもん》に沈んでいるのだか、はたまた夢見心地でいるのだか、それらを全部重ね合わせているのだか。あいやぁ、一番奥の部屋の前、女は呼吸を整えて、心持ち背筋を伸ばしてドアを開けた。やっと女の表情が見えてきた。毛穴の隅々にまで解放と安堵《あんど》、やっと自分に戻れるってかそんな顔。どやって分かるって、だってそなんだもん。とにかく今日一日の疲れをいやす夜とねぐらがここにはあるよってな表情だ。ドアを開ければ古引き出しを開けたよな饐《す》えたにおいが、日中のほてりにくるまって女の身体にまとわりついた。「ただいまぁ、暑いよね蒸してるよね、まったく」声を張り上げて、張り上げた自分の声に励まされて、沓脱《くつぬぎ》で足をふるうのももどかしく靴を脱ぎ捨て、暗がりの中二歩三歩、西側の窓を開けた。とたんに湿った熱気は外に逃げ、表通りの車の喧騒《けんそう》が遠くに聞こえた。薄まった原色の明かりの明滅が薄闇に包まれた女の顔をかすかに染めた。あいやぁ、女、振り返ればなおさら暗い部屋の中、「貞《さだ》ちゃん、帰ったよ」と言いながら、手探り足探り畳敷きの上の籐椅子に体をななめにどたりと座る。おりんを軽くたたいて横っちょに手を合わせた。女の目の前には経机《きょうづくえ》。経机の上には燭台《しょくだい》、線香立て、その他いろいろ。その向こうの小さな仏壇。それだってよくよく見れば、精巧に出来てはいるが発泡スチロールにペンキとニスでそれらしくやっつけたそんな代物《しろもの》。だいたいが殺風景な部屋なんだ。薄闇に浮かび上がるはたんす茶だんす冷蔵庫壁際に張り付いて、その他めぼしいものは襟《えり》、袖口《そでぐち》のすり切れた赤とおぼしきガウンが一枚、ハンガーにつり下がっているだけ。

「十一月だってのに、台風だってよ。近頃の気候はどうなってんだろ。狂っちまうよ。心はすっかり秋で出来上がっちゃってんのに、体は夏のまんま。引き裂かれるあたしは右左、前に後ろに、はてどうなるのぉ」

あいやぁ、歌うように笑うように女は言ったさ。

記録的遅さで到来した台風の、時季外れの熱風が女の寂しさを逆《さか》なでる。

「悦《えつ》ちゃんてば、元気がいいねって、機嫌いいじゃないかって。貞ちゃん、あんた何年あたしと付き合ってるのさ。生きて十一年、死んで十八年、かれこれ三十年の付き合いじゃないか。いい加減あたしのこと分かってよ。ほとほと参っているのさ。里見悦子《さとみえつこ》、今日という今日はほとほと参っているのであります」女座り直して、おもむろにおりんをカーン。

「しくじっちまった、あたし」

もいちど、カーン。

「スーパー山分《やまぶん》の仕事さ、あそこは時給はそれほどでもないんだけど、売れ残りの総菜《そうざい》分けてくれたんだよね、あたしとしちゃあ、割のいい仕事だったんだ。あたしの生命線だよ。（カンカン）それなのに。この台風で今日は混まないと思ってたら、遊び場無くした子供たちまでやってきて。今日の店内、けっこう混雑してたんだ。出来上がった総菜の品出しに店に出てるとき、坊主が、せいぜいが小学校二、三年の子なんだけど、それがこう、唇をぬめぬめ光らせて、目が興奮して嬉しそうで、『〇〇がうんこ漏らしちゃったんだぁ、みんなでシカトしてんだぁ』て誰彼にとなくこう叫んでた。あたしってば、無性に腹が立ってさ、つい、こらって、坊主頭を拳固《げんこ》でゴツン。だってそうだろ。こんなにちっさいときから、もう人をあざけっておとしめること覚えてんのかって。馬鹿だね、あたしは。それが店長に見つかっちゃってさ、すぐバックヤードに連れてかれて、スーパーの従業員がこともあろうに客の子供に制裁を加えるとは何事かって怒られて即刻くび。（カンカンカン）おいしい仕事がなくなっちゃった。ついかっとなって手を出したあたしが悪かった、分かってんだよ。だけど、人は金でしか繋《つな》がっていないのかって。（カン）金のためなら手をすり足をすり言いたいことも我慢して働かなくちゃなんないのかって。（カン）賃金てのはその我慢料なんかねってさ。（カンカンカン）貞ちゃん、あんたはどう思う。……ハハ、分っかるわけないよね。パチンコで日銭《ひぜに》を稼いで暮らしてた富樫貞夫《とがしさだお》くんにはこんな形而上学的《けいじじょうがく》なことは分かんない。はん。

怒りを我慢しちゃいけないと思った。あの子のためにも。あたしのためにもさ。なぁなぁでいられない。あんたも知っての通り、ブレーキが利《き》かないんだ。そんなこんなで何度しくじったか。……まだ手に感触が残ってるんだよね、いがぐり頭の。柔らかくて、ちょっと汗ばんで温かかった。びっくりした目をしてあたしを見上げた。その目を見たら、かわいくって、かわいそうで、どうしてだろう、貞ちゃん、あんたを思い出したさ」

仏壇の前、女の長口上《ながこうじょう》は果てしなく続いて、そのうち、経机の上のマッチ箱を耳元にくっつけて揺らしたよ。カサコソ寂しい音がしたのです。おもむろに燭台のローソクに火を着けた。とたん女の顔が闇に浮かび上がったよ。いとしむように光に見入ったそのあとで、線香の一本も上げるかと思えば、ポケットから取り出した煙草にもらい火をしてすぐにローソクは吹き消した。それから煙草を一服《いっぷく》、ふわっーと。煙の行方を追いかけながら、懐かしい男の顔が煙の形で現れないかと考えたりした。だけど煙はけむりのまんま天井に上がっていった。

「もう終わったことだよ。また新しい仕事を一つ増やせばいいだけだよ」

女はつぶやくようにそう言った。とたん、語気を強めて何か大勢の人に聞かせるよう。

「うまくいかないもんだねぇ。取り返しのつかないことを重ね重ねて人生は過ぎ去っていく。そんなもんだよ。ま、右と左、さぁ、どっちがいいと聞かれて必ずスカを選んだあたしの人生。はばかりながら、ちょと年季が入って、いやぁー、い・る・ん・だ・い」

「そのセリフ、悦ちゃんの十八番《オハコ》だねって。持って回った大げさなせりふ回し、芝居がかった臭い見得《みえ》、語調が急に変わって演説口調になったかと思えば、急に弱音をぽろぽろと、そういやぁ、お国言葉丸出しのときもあったっけ。貞ちゃん、あんたはそう言うんだろ」

「あったりまえだよ。痩せても枯れても腐っても、あたしは女優です。誰に認められなくても、あたしは根っからの女優です。今はまだ素人《しろうと》劇団に毛が生えたような一座だけれど、あたしはそこの看板女優にして、座付き作者にして大道具係。あたしの人生は芝居をするという、一つの一貫性に貫かれた人生なんだ」

あいやぁ、女は立ち上がり、仏壇の中央をきとにらみ、それから部屋の暗がりを隅から隅まで見渡したよ。そうして着ていた服を悠然《ゆうぜん》と脱ぎ捨てていく。籐椅子に片足かけて、ストッキングを脱いで丸めて、これ見よがしに後ろにポイ。女の目には大勢の観客でも見えてるのだろか。それとも見えない誰かがいるんだろうか。

スリップ一枚になると、壁際の赤いガウンを引っ張り体に引っ掛け、ガウンの紐《ひも》をきゅと結び。後ろに束ねた髪を一気にほどいて、頭を大きく揺らしてバンダナを巻くと、確かに五歳がとこ女を若くした。

「貞ちゃん、あたしはね、努力してきたんだ。見て、この椅子の座り方一つだって」

あいやぁ、女は籐椅子の端《はし》をつかんで、くるんと回したよ。回した椅子の周りを今度は自分が回って、回りながらあれこれと。

「座り方一つで、高慢《こうまん》ちきな中年女も、九十代いよいよのばあさんも、十七、八のおぼこ娘も、真面目が取《と》り柄《え》のやぼったい田舎娘も、太った女も、痩せたカリカリも、ほら、ほら、なんだって表現することができるんだ。電車に乗ったら、目の前の女を見て、盗んで、あれこれと心の中を見透かすこと三十年。あたしの努力の結晶を見て、ほら見て」

「貞ちゃん、笑ったよね。笑ったね。……おかしな女だよね、あたし」

あいやぁ、乾いた笑いが暗闇に響いたよ。こうやってその日の出来事から始まり、あとは思いつくまま気の向くまま、女のひとり語りが今日も始まる。語りかけるのは仏壇の男なのか、女の目の前に確かにあるらしい見えない観衆を相手にか、ひょっとしたら、闇の中の有象無象《うぞうむぞう》、魑魅魍魎《ちみもうりよう》を相手のひとり芝居なのか、女にもはっきりとは分からない。ただ声を発し、言葉を発しその音その響きを耳で受け止め心で受け止め、やっと自分が確かめられる。

女、壁際に向かい、ひそやかに

「それというのもさ、あたしってば、人間が分かりたいと思ってた。人間よりなにより、あたしのことが分かりたかった。分かったら、それを余すところなく表現したい、あたしの欲望はそれなんだ、それだけなんだ」

「そうは言ってもさ」女の声はくぐもった。「何にも分からないんだよ」言いよどむ言葉の端から声を絞り出す。何にも分からない、力なく女は笑ったさ。

それからしばらく口ごもり、しょうがないや言ってしまおうという風情《ふぜい》。

「貞ちゃん、ごめんよ。顔を思い出したとは言ったが、それも一瞬のことなんだ。

浮かび上がっちゃあ流れていくんだよ。何もかもとどまることがないんだね」

十年以上も共棲《ともず》みした男の顔も声も薄れていく。指の隙間から零《こぼ》れ落ちる砂のように。裏切ったことも裏切られたことも跡形もないようにきれいさっぱり忘れていくよ、全部。それだけの時間が経ったのだ。経ってしまった。仕方がないことのようにも、今となってはもうどうでもいいことのようにも思われた。

「寄りかかるほどの過去もなしってか」

「まぁさ、今となれば、今、ここしかないってことなんだけどさ」

「今ここったって、何にもないんだよ」恥ずかしそうに女は笑ったさ。

ずっとこれまでアルバイトを掛け持ちしながら、芝居に打ち込んできた。だけどいつまで経っても喰《く》えなかった。

「経机を挟《はさ》んでこっちからそっち、ひょいと飛び越えるのは、口で言うのは簡単だけどさ……」

「明かりが欲しいや」ポツンと言った。一筋《ひとすじ》の光明《こうみょう》が欲しい。このところ節約してちまちま着けたり消したりを繰り返すローソクに、思い余ってもいちど明かりを灯《とも》そうとしたが、中途でやめた。現実が明るみにさらけ出されるのが怖かった。あいやぁ、明かりが欲しいが、見えてくるもの見たくない。マッチ箱に手を伸ばしたり引っ込めたり、しまいには大きな声で笑ったよ。

この女はよく笑う。女の笑いは悲しみと背中合わせにぴったんこ。でもそれだけじゃあない。捨て鉢の勇気というか、ギリギリのところで踏みとどまる潔《いさぎよ》さというか、とにかく女に涙は似合わない。自分ごとすっぽり笑い飛ばせば、力が出たよ。

乱暴にマッチ箱引っ張り、シュと音するように火を着けた。

あいやぁ、ローソクに火が灯る火が灯る。明るみに照らし出されるのは女と女の、現実。

「きれいだぁ」炎の一番明るいところに瞳を凝《こ》らして。凝らしたまんま身じろぎもせず、一気にまくし立てた。

「このアパート来年早々には取り壊される。駐車場になるんだってさ。大家さんから立ち退《の》き要求されてさ、隣もその隣も出ていった。このアパートに残っているのはあたしだけなんだ。電気もガスも止められた。水だけは大家の情《なさ》けでまだ出るんだけどさ。あたしも来週には出て行かなくちゃなんないんだ」

「劇団ね、つい先だって解散したよ。潮時《しおどき》だったんだ。よそに移ったり、田舎引っ込んだり。あたしひとりが取り残された」

「あたしの前髪半分白髪だよ。染めてんだよ。アルバイト掛け持ちしても平気だったのにさ、二三日徹夜してもどうってことなかったのにさ、今じゃ目がかすむ、膝が言うこと聞かない。こんな積りじゃなかったのにさ」

受け入れ難いことを受け容《い》れねば仕方なかった。息を詰めてしゃべっていたのが、やっと解放されて一呼吸。周りを見渡し、それから案外乾いた声でさばさばと
「笑っちまうだろ、何にもなくてさ」

「こうなりゃ、さっぱりしすぎて、居心地がいいくらいだよ」

「何にもないけど、何にもないわけじゃあない。つかめたもんもあるんだよ」

「ねぇ、生きるってことはさ、断念の繰り返しなんだよね。死ぬことは断念の最

たるものじゃないか。そうやって繰り返し繰り返し続いてきたんだ。ねぇ、貞ちゃん。生きてる貞ちゃんはもう記憶の底にうっすら残っている程度だけどさ、死んだ貞ちゃんなら、あたしは、なんぼでも想像できるんだ。あんたの住む世界。大勢の魂の集積があるんだなって。こうやって、顔も声さえ忘れかけてる貞ちゃんに毎日呼びかけるのは、あたしはそういう魂だけの人たちに出会いたいからなんだよ。あんたはあっちの人たちの総称なんだ。ザ・貞ちゃん。貞ちゃんのおかげで、あたしはそういう世界に思いを巡らすことができるようになった」

「ほら、こうやって貞ちゃんて呼びかけるだろ。そしたら声が聞こえるんだよ。耳からじゃない。内側から。だったら結局あたしの思ってることなんじゃないかってさ、だけどあたしの関知しない声まで聞こえてくるんだよ。誰かいる。あたしの心に誰かいるんだ。それも一人や二人でないよ」

「ねぇ、貞ちゃん。ひょっとしたら、ひとりの人間の心に、大勢の人の魂が沈殿しているのと違うかな。人の心ってさ、あたしは大きな甕《かめ》のようなもの想像するんだけど、その甕の底に大勢の人の魂ってか、存念《ぞんねん》みたいなものが言葉は悪いけど、ヘドロのように堆積《たいせき》してててさ、時々メタンガスみたいにポコポコ浮上してあれこれ言うんだ。あたしはね、神様ってさ、全てを包み込むものすごく大きくて光り輝くようなものって想像してたんだけど、あれ違うね、神様って声なんだと思う。ポコポコ浮上するメタンガスのうち、その人を生き生きとさせ喜ばせる方向に導くものが神様なんだ、神様って心の内側から聞こえる声なんだよ」

「だって、ほら、見えるんだよ聞こえるんだよ。ごみ溜めのようなところの土管《どかん》の上に座ってこっちを見ている七、八歳の女の子、口を半開きにしてじっとあたしを見てるんだ。井戸端で水垢離《みずごり》をしている女もいる。後れ毛から水をしたたらせて青白く震えながら何杯も水を被《かぶ》って、あんたはそこまでして何を願ってるんだい。山道を登っていく、くせ髪のちぢれ髪をぼろ布《きれ》で縛って、重い荷物を背負って歩く女、あんたはあたしとご同業だろ、村々を経巡《へめぐ》って面白い話でも聞かせて銭《ぜに》をもらう語り部《べ》の女。ほら、目が合った。みんなあたしをきっと睨《にら》んでこう言うんだ。今度はお前の番だ。おうさ、分かっているよ。今度はあたしの番だ。大丈夫だよ。あたしは生きるよ。死ぬまで生きるよ。当たり前じゃないか」

あいやぁ、女、言葉かみしめながらとつとつと。ローソクの炎は揺れ揺れて。

「ねぇ、今思いついたんだけど、若い人たちが街角でギター弾きながら歌ってるだろう。あれ、あたしもできないかな。路上に立つんだ。路上でやるひとり芝居。できるさ。だってあたしの人生は芝居をするという一つの一貫性に貫かれた人生なんだ」

女は立ち上がり、両腕を水平に拡げて緩《ゆる》やかに回り始めたよ。ローソクの炎あおられて大きく揺れてふと消えた。女構《かま》わずにステップを踏むように踊るように回り続けた。女の耳には今、音楽でも聞こえてんだろか、どんな曲なんだろか。暗がりの中、腕はたんすにぶつかり、壁にぶつかり、足は籐椅子にけつまずき。それでも、ゆらゆるとゆらゆると。あいやぁ、女が見つけた一筋の光。酔いしれて酔いしれて回り続けた。

そうして疲れ果て、畳の上にどたんと座り、籐椅子の上、腕を枕に
「だけど、今日はもう休ませてよ。……ねぇ、夜っていいよね。誰が発明したんだろね。疲れてへとへとになった心をかくまってくれるもの、背中をさすってく

れるもの。夜って不思議だねぇ。自分をさらけ出せる。さらけ出して手繰《たぐ》り寄せられる。夜っていいよねぇ」

自分で歌って自分に聞かせる子守唄、夜っていいよねと繰り返し。あぁ、あったがいお湯っこにはいったみでででぬぐだまる、懐かしいふるさとの言葉までこぼれ出て、女は長い夜の眠りに落ちた。

あいやぁ、夜は更《ふ》け逝《ゆ》く、女は眠る。静かにときは過ぎていく。

第二話

こころかなしも

ふわぁー、あうあうあう、もいちど、あうあうあう。

ため息一つ、あとは惰性《だせい》であごをがくがくさせながら、財布の底の底まで総ざらいする。小銭一円まできっちりぴったり勘定《かんじょう》して家計簿に記入して、いつもながら金はない、時間だけはたっぷりあるさと、うそぶいて、いや待てよ、そうと見せかけて本当は、もうそんなにないのかもしれないと鉛筆片手に宙仰《ちゅうあお》ぐ、たまらず。

それにしても、どうしてこう、お金がないんだ。あたしが怠け者だったからなのか。違う。朝昼晩、寝る間も削って這いずり回っていたのに、あれを働くと言わないんだろか。言わないんだろよ、賃金という対価を得て初めてろーどーなんだ。じゃあたしのこの十何年は何だの。ただ働き。介護という名の家事労働、巧妙に蓋《ふた》された見えない仕事。女の仕事。あたしがオンナだったから、ふわぁー。いつもながら頭の中でグルグルグルグルと繰り返される脳内討論。どうしようもないじゃないか、とにかくあたしは終わったんだ。終わったぁ、ともいちどため息ついて、あたし、平芳江《たいらよしえ》の午後八時は過ぎていく。

子供はいなかった、夫は早くに亡くなった。その時からあたしの生活は一変した。つましいながらも平和な生活が一気に崩れて、その日を境に怒濤《どとう》の展開、四十九日が明けないうちに田舎から義両親がやってきて、息子の建てた家だ、俺たちにも住む権利があるだの、だいたいお前が息子の病《やまい》に気が付かなかったのが悪いだの、交互にがなり立て、悲しむ暇《いとま》もないうちに、舅姑《しゅうとしゅうとめ》との同居が始まった、と思ったら今度は半年もせずに姑が倒れ、また半年して舅が倒れ、逃げ場もなく介護の生活、トイレ風呂場寝室台所、四点をグルグルグルと這いずり回り、施設に預けたくても何十人も待機者がいてままならず、有料のホームはとてもじゃないがお金がかかって入れられない。おまけに二人とも頑《かたく》なにこの家を離れるのを嫌がった。いじめか、いやがらせか。おお、そうか、なら、受けて立とうじゃないかってんで、余計な意地張って、その結果のため息交じり愚痴《ぐち》交じりの介護の生活、特に舅がひどかった、徘徊《はいかい》が治まったと思ったら、今度は糞便を垂れ流す、壁に擦《こす》りつける、もういやでいやで、心を遮断して機械のように動き回るしかなかった生活。ヘルパーさんがいたから、何とかやってこれたんだ。グルグルグル。舅九年姑十四年、桃栗三年柿さえ八年だってのによ。生き死にを戯《ざ》れ言《ごと》にするのはどうかと思うが、そうとでも言わなくちゃやってらんない。

すべてが終わって、家じゅうを磨きに磨いて、磨いて磨いて座布団の上にぺたんと座っている自分を発見した時、あたしは六十八になっていた。

今でもかすかに残るクレゾール臭。

これからどしよ。ありそでなさそなこれから。やっぱりあるんだろうよ、まだまだ。

独楽鼠《こまねずみ》のように働いたここ十何年。呆《ほう》けたようにぼんやりしていた数か月。

この頃、あたしはやっとこれから先のことが考えられるようになったよ。

介護生活が続いて外出もままならない生活では、もともとそんなにいない友達もいなくなった。介護を手伝うどころか、労《ねぎら》ってもくれない兄弟義兄弟親戚縁者はこちらから切って捨てた。安心して出向けるところは、せいぜいが近所の公園、スーパー、図書館ぐらい。解放感が寂しさに変わり退屈に変わったころ、ふらふらとその図書館に足が向いた。

ずっと本が読みたかったあの頃、それも最初のうちだけ。そのうち何もかも麻《ま》痺《ひ》してしまって、だいたい何が好きで何が嫌いか、どうしたいかどうなりたいか、なんてのも忘れていた。人ってあきらめが先立つと欲望することさえ忘れてしまうんだ。だけど足が覚えていてくれた。図書館への道のり、わくわくする気持ち。

書架《しょか》の前で手当たり次第に本を取って、ぺらぺらめくるうち、思い出した、本当に思い出した。本が好きだ、本の匂いが好き。図書館が好き。小娘のように頰を染めたっけ。じわじわと涙が流れた。若いころのような涙じゃない。あっちのしわ、こっちのたるみを経由してゆっくりと流れる涙、それでもうれし涙、ほかの人に気付かれないようにぬぐったよ。

そのうち一冊の本に目が留まった。……内側の世界には大宇宙にも匹敵する広大な奥行きと広がりがなんたらかんたら。むさぼるように読んで、でももう前後の文章は覚えていない。とにかく大宇宙にも匹敵する心の世界があるんだってこと、それだけが頭に染み付いた。

家に帰って、いつも通り家計簿を広げて余白に目が留まると、（人には二つの世界がある。目を基点にした外界と内界と。私は内側の世界を覗《のぞ》くんだ。ずっと奥まで、奥の奥まで覗いてみたい）そう殴り書きして、あたしってばペロンと舌を出した、なんちゃって。このあたしが。別に嘘を書いたつもりもないが、壮大ちゃあ壮大、けど、お金かからず、傍目《はため》から見たらおそらくなんという変化もないはずのこの計画に自分でも笑えるところがあった。でも、そうとでもしなければ、あたしには、この先何の張り合いもない。我と我が身のほかは人の気配のまったくしないがらんどうの部屋を見渡した。整然と片付いた部屋。もともと髪の毛一筋《ひとすじ》でも落ちていると気にかかる質《たち》なんだ。座布団は畳の目に沿って置かれてなければ気が済まないし、新聞だって今新聞受けから取ってきたばかりのように折りたたまないと気に入らない。整理整頓好き。それだのにいつまで経っても自分の心だけは片付かない、何とかしなくちゃ、あたしはそう思ってた。

それがやっと見つけた。片付けられる、あたしの心の行く末。

この年になれば、生きてくってことがどんなことなのか、大概《たいがい》分かってしまった気がして、ときどき何もかも馬鹿らしくなることがある。それでも生きて行かなくちゃなんないとしたら、あたしの心の奥の秘境を覗いてみることを目標にしてもいいんじゃないか。手元にあるあたしの心なんてたかが知れている。知り尽くしている、とは言わないが、それでも分かっちゃいるんだ、だいたいのところ。だけど広大な奥行きと広がりがあるというなら、探ってみよう、面白いじゃあないか。どうせ外界とやらは、つまり現実はこの先大したことなさそうに思える。決まってるじゃないか。どんどん老いて、くたびれて。舅姑みたいな最期が待ってるんだとしたら。ああいやだいやだ。だけど避けられない現実があるとして、せめてその時までは、むざむざと日数《ひかず》を重ねない。あたしは行く。内側の世界とやらを見るんだ。と言っても先立つものはわずかな年金頼りで心細いし、内側の探索を保障するだけの生身の自分をいかすお金が必要だろう。てわけで、二三日後にはこれまた近所のスーパーの店員募集に応じて働くことにした。

たったそれだけのことでも、着々と準備が進められていると思って、あたしは久々に高揚《こうよう》した気分を味わっていたのだ。


だが、その高揚した気分もたちまちぺしゃんこになった。

だいたい、どうやったら内側の世界を覗けるのだろうか。

すぐに外界とやらを遮断することを思いついた。目を閉じて静かに呼吸しておればそのうちなんて、考えてた自分が浅はかだった。決して簡単に考えてたつもりはないけれど、いややいややっぱり、簡単に考えてたわ。よくよく考えたら、目をつむっても、頭の中って言葉が途切れることないんだよね、どうでもいいようなことが次から次に浮かんできては、壊れたラジオみたいにガーガーピーピー休む暇もなくてさ、あたしの目論見《もくろみ》の邪魔をする。

心を無にするってほんとはどうすればいいのか、ここから、だ。ここからどうするか。俄然《がぜん》やる気も湧いてきて、そこでまた考えて、入眠前のほんのわずかな時間、起きているか寝ているかのほんの一瞬にかけようと思って。自分であって自分でないような浮遊した時を狙お、と思ったのだ。

張り切って早めに床《とこ》に入るが、目をつむった瞬間にもう寝ていた。勤め始めたスーパーの仕事疲れも手伝って。朝目覚めて昨日も駄目だったか、なんて日を繰り返したある晩のこと、ついに入り口らしいものを見つけた、ような気がしたんだ。

それは黒いトンネルだった。細長いトンネルを上昇したかと思うと下降し、右に左に旋回《せんかい》して留まることがない、猛スピードで疾走している乗り物の感覚だけがあった、トンネルのさきのわずかな光を目指して。最もそれは目覚めた後の解釈で、その時は暗闇を突進する、そう、イメージだけがあったんだ。それだけでもその時のあたしにとっては大発見のような気がして、家計簿の余白なんて駄目だと思い、新しくノートを買ってきて、迷った挙句《あげく》、表紙に（心の冒険ノート）と記《しる》した。一ページ目に、（暗いトンネル、疾走する時間）と書いた。横に、見た光景を絵で描こうとした。結果、水道管がとぐろを巻いたような、くねくねと曲がりくねり、のたうったようなわけの分からない鉛筆書きがあるだけだったが、それでも満足だった。

それからほぼ間違いなく、黒のトンネルが現れるようになった。布団に横たわって目を閉じてトンネルと思っただけで、目の前に暗い穴が見え、とたん引き込まれるようにして、猛スピードで動き出す。あとは網膜に映る黒を追いかけるだけ。何回も何回もそれは続いた。

ある時、トンネルの壁が光り輝く錦絵《にしきえ》に変わった。網膜の中の絵模様が次々に、あれはなんというのだっけ、そう螺鈿細工《らでんざいく》のような美しい文様《もんよう》を描いて変わっていく、猛スピードで動く万華鏡のような、あそこのあのところもう一度見たいと思ってもそんなことはできない。次々に移り変わる豪奢《ごうしゃ》な絵を口をあんぐり開けてただ見送るだけしかないようだった。絵を言葉で意味づけたり、解釈しようとすれば、とたんにトンネルはこわれた。押し寄せ、たれ流されるイメージをイメージのまんま、受け止めるしかないようだった。言葉が拒否された世界。言葉の及ばない世界なんだ。

その晩はもう寝つけず、ノートを取り出して、何とかあの絵の印象をそれでも言葉で書きとめようとしたのだ。(虹色の光、オーロラ、高速の光り輝くトンネル、そこ、あたし走った)

言葉は陳腐《ちんぷ》だった、無力だった。それでもあのイメージを言葉に書きとめておきたい。なんにしろ、書きとめる。あの世界を書き表そうと何度か試してみて、でも言葉が足りない。歯がゆくて仕方がないが、どうしようもないじゃないか、あたしでは。と言ってクレヨンで色鉛筆で描いてみようとしたが、とてもじゃないが及ばない。これからあたしが行こうとする世界をただ見るだけ眺めるだけなんだ。それでもいい、あたししか知らない世界を確実に踏み出している感覚はある。内側の世界にあたしはもうすっかり魅了されている。昼間、スーパーの陳列棚に商品を並べている現実のほうがむしろ希薄《きはく》で、夜、横になって夢うつつで瞼《まぶた》の裏に映る映像こそが真実、手ごたえがあると思った。そりゃそうだ。昼間のあたしはひたすら、ニンジンネギごぼうパン醤油、並べる並べる並べる並べる。お客は無造作《むぞうさ》に後ろのほうから取っていく。それでまたきれいに整える、別にきれいに並べるのは嫌いじゃないよ、あたしは整理整頓好きなんだもの。それでお金がもらえる。ご飯が食べられる。それだけのことだ。現実なんてそんなもんだ。夜の束《つか》の間《ま》、きれいな虹色の世界を覗き見る。ねぇ。夜だって、夜の世界だってあたしの大事な体験なんだよね。あたしの大事な生活なんだ。

だけど、内側の世界とやらは、気まぐれで突拍子《とっぴょうし》のないものだ。やっとフルカラー、総天然色の世界にたどり着いたと思ったら、また黒のトンネルの世界に逆戻り、また暗いトンネルをうねり蛇行《だこう》上昇下降回転、そうかと思ったら、またある晩、錦絵の世界を疾走という風で、その頃にはあたしも気付いていた。この目の裏側の世界は、まったくこっちの意思や思いなんてのの外を行く世界なんだってこと。意味も理由づけも何も通用しない世界。漂うイメージの世界なんだってこと。その向こうがあるんだろうか、あるとしたら何があるんだろう。

そんな時、また突拍子もない変化が生じた。

黒のトンネルが続いて、その時はひたすら上昇を続ける乗りものに乗って細い通路を駆け上がるそういう感覚だけがあった。そしたらぽっかりと土管の蓋の開くような感じがして、土管に蓋なんておかしなことなんだけど、でもやっぱり土管の蓋なんだ。土管の蓋が開いて、ひょいとトンネルを抜け出たのだ、初めて。そこは朝靄《あさもや》のかかった原生林がずっと奥まで、遠くまでつづいているようなところだった。あたしは原生林の間をかけめぐり、地表すれすれのところで、草の生える寸前を覗き見る小動物のようだった。芽がにょきにょきと生えるその瞬間を見ては、また次に移るという風で飽きることなく動きまわる、ネズミかなんか。

そうかと思えばある晩は、あたしは大きなお寺か神殿のようなところの巨大な円柱を仰いでいる。円柱には黒い縞目《しまめ》の文様がびっしり施《ほどこ》されていて、あぁあの縞目だったら今でもはっきりと思い出せる、あたしは美しいものだと感心して見上げていたのだ。そしたら、円柱が歪《ゆが》んで縞目がゆっくりと動いてぬるぬると登っていく。円柱は実は巨大な生き物で、あれはきっと蛇か、竜のようなもので、してみるとあれは鱗《うろこ》のようなものだったのだ。もちろん見たイメージをあとで言葉に直してみただけだけど。

ノートを目の前にしてあたしは考え込んでしまう。

目の裏の世界は現実のあたしとどうかかわるのだろう。あそこは猛スピードで動き回る、とにかくエネルギーの満ち溢《あふ》れた世界だ。留まるってことがない。現実のあたしはひとり朝飯を食べ茶碗を片付け掃除洗濯、仕事に出かけ帰り、夕飯を食べ片付け風呂入り寝る、代わり映えのしない平板な日常。

あそこがほんとにあたしの心の内部だとしたら、爆発的なエネルギーを抱えながら独りぽつねんとしているあたしは一体何なんだろう。

そんな時、イメージに、顔が出てきた。人の顔。それはほんとに今までとは毛色の違う、でも、やっぱりイメージ。あたしは暗い波間《なみま》を頭だけ出して漂うているらしかった。揺らめく波間に突如人の顔が表れた。人の肩から上のスナップ写真。それが一枚一枚、同じ間隔同じ速さで日めくりカレンダーでもめくるように表れては千切《ちぎ》られていく、剝《は》がされた写真は暗い波間に消えていった。漂う顔がはっきりと見えた。みんな知らない顔ばかり。男も女もいた。年寄りも子供も若い人も。笑った顔も沈んだ顔もあった。セピア色の落ち着いた色味の顔写真。見た瞬間から、この人たちはもうこの世の人ではないんだと思った。そう、死者たちのポートレート。

割を食って、女という割を食って損ばかりしてたよな、つまらないあたしの人生。あの人たちはどんな人生を送ったんだろうか、つい考え込んでしまったよ。

それからまた黒のトンネルが長く続いて、もう何も見えないのかと思った頃、目が表われた。網膜の画面いっぱいに爺《じい》さんのそれも片目。片目があたしをじっと見ていた。この目には見覚えがあった。ダ・ヴィンチの自画像のあの目に似ていた。しわ深くて柔和《にゅうわ》でそれでいて深い目。不思議と怖いとは思わなかった。あたしもしっかり見返していたように思う。長い時間と思ったが、実はそれほどでもなかったかもしれない。

あの目を見てからあたしは少しばかり変わったと思う。

あの目は決してあたしを嫌ってる目ではなかったし、蔑《さげす》んでもいなかった。と言って、あたしを認めている風でもなかった。ただ見ている目。あの目が心のずっと奥にあるんだと思ったら、あたしの心にけっこう深い奥行きがあるんだって思ってさ、あたしは薄っぺらの人間じゃない、そう叫びたい気がして。あの目があたしを支えてくれてるような気もして、不思議に安心感が生まれた。それに何というか、うまく言えないが、自分の心の中のあの目を敬《うやま》うというか、尊《たっと》ぶというか、芯のようなものを見つけたというか。それがあたしに少しばかり、自信というか、そう、誇りのようなものを持ってきたんだ。

それって、結局は自分を敬うってことか、自分をだよ。信じられない。

爺さんの目の後、あたしには何も見えて来ない。でもその奥にまだ何かがあると思っている。どうせなら、あの目のさらに奥にある光源のようなところまで行ってみたいものだけど、無理だろうか。でもきっとまた新しく何かのイメージが見えてくるような気がする。それに声も。もう気付いているんだけど、あの世界は、無音だった。いつか音が、声も聞こえて来やしないだろうか。最初の黒のトンネルを見つけてから、あらかた二年。この頃のあたしはそれを楽しみにしている。

「おばあちゃん、あの、おばあちゃん。これ落ちましたよ」

背中でかわいい声がする。

あたりを見回して、自分のことだと気付くまでに時間がかかった。振り返ると、あたしの手袋の片っ方を持って、小学校三、四年の女の子が立っていた。知らない間にポケットから落としたらしい。ありがとうね。慌ててお礼を言うとペコンとお辞儀をして走っていった。その背中を見送りながら、おばあちゃんか、と口にしてしまう。

この頃では、頭の片隅で、残り、をいつも考えているところがある。一方で、心の中に聞こえるあたしの声は、二十年三十年前、いやもっと若い頃とすこしも変わらない。人前では無口なあたしだが、心の中はにぎやかなんだ。心の中の話し声は若い頃のまんま。あたしは何も変わっちゃいないのに、でも婆《ばあ》さんなんだあたし。変わらないまま変わっていくあたし。老いるってどういうことなんだろか。多分、みんなそんなに変わっちゃいないんだ、若い頃と本質は。外側からの押し付けが人を爺さん婆さんにする。頼むからあたしを婆さんの鋳型《いがた》にはめ込まないでよね。視界の小ちゃくなった女の子に小声でそう呼びかける。

師走《しわす》の夕暮れの空を眺めた。空が低い。日中はそうでもなかったが、今はさすがに肌寒くなった。みなコートの襟をかきあわせて、最寄りの駅に急いでいる。

パートの休みを利用して、今日はあたしもこうして街中に出かけてきた。この頃、あたしは用という用もないのに出かけることが多くなった。あの原生林のネズミを見て以来、何かじっとしていられないところがあって、あちこち無料の催《もよお》し物を探しては観に行くことにしている。

あたしは相変わらず貧乏だし、この先もそうだろう。仕方ない、ってか、あんまり気にしてない。子供いない身寄りもない友達もそんなにいないんでは、先々、孤独死だの、野垂《のた》れ死にだのも、一応覚悟はしている。それでもいいと思ってる。片付けてくれる人に多少の申し訳なさはあるけれど、死んだあたしとしては、もうあずかり知らないことだ。あたしが思うことは、今今が大事だってこと、今が良ければそれでいいじゃないかって思ってる。

内側の探索、結局はあたしの好奇心を満足させられれば、それでいいんじゃないかって。

実は今日、仏教の講習会みたいなのに参加した。

あたしが見た爺さんの片目、あれからあたしが感じた内側を怖《おそ》れるってか、敬うってかそんな気持ちは宗教性に通じるんじゃないかと思ってさ。これとあれ、つながってるとしたら、どうつながってるんだか。あたしも人並みにはお寺に行けば手を合わせたし、神社に行けば手をはたいた。それでも実際のところ、何も知らないんだ。今まで考えても見なかったことに今、俄然興味がある。だけど一二度聞いただけじゃだめだね。それに指のつるんとした若いお坊さんの話では、介護と商品の陳列でごわごわした指のあたしが実地で獲得したところの疑問に答えるには少々荷が重すぎやしませんかって。だけどあのお坊さん、一つだけ面白いことを言ったな。対面同席五百生《ごひやくしよう》だって。今生《こんじよう》一度でも会ったり話したことがある人は過去未来に五百回のご縁があるってこと。即座にあたしは思ったね。あの舅姑とは今生が五百回目なんだって。亡くなった亭主は今回が四百九十九回目、もう一回ぐらいは会ってもいいかなってさ。そんなくだらないことを思い出しながら歩いていたらもう駅に着いた。

バスの発車時刻まではまだ間があるので、駅のロータリーに面したベンチに座って待つことにした。

この寒空に行き交う人を眺めるのもまた、風流なり。

若い頃はあたしだってこれでも、男にばかり目が行った。今は断然女だね。それも同世代の女、同じ時代を生きてきた女たちに共感する。あの人はどんな人生を送ってきたんだろうと思うもの。あたしもそうはそれなりに……と思えるようになっている。友情と連帯これあり候《そうろう》。

今ふと思ったんだけど、あたしが見たあの内側の景色、あれあたしだけのものなのかな。

　みんなも共有しているのと違うかな。誰だって探索すればあの黒いトンネルを通って、あのネズミやあの目に会えるのと違うかな。それでどうなるというのでもないけれど、みんな内側の根っこのところでつながってるんだとしたら、うれしい。

　あたしは友達が少ないんだけど、決して人嫌いってわけじゃない。人恋しいって思うときもある、今、そんなときなんだ。

　あれ、かすかに鉦《かね》の音が聞こえる。お鈴《りん》のような音だ。こんなところで、なんで。あたしは立ち上がって辺りを見回した。ロータリーの向こう側で女の人が何かやっている。あそこからか。この人ごみの中で、風に乗って聞こえてきたんだろうか。宗教の説法かなんか。それにしちゃ椅子の周りを回りながらなんとかって言っているよ。声も聞こえてきた。まだ時間があるし行ってみようか。

　女は一つの一貫性だの、女優だのと言っている。ならあれは芝居なのか。結構人だかりがしてきた。あたしも遠巻きに眺める。人の頭の隙間から顔が垣間《かいま》見える。厚化粧だけど、あたしと同年配の女だ。前に出張ってまで見る気にはなれなかった。なんだか痛い。だけど離れられない。結局最後まで、話ってか、芝居なんだろうな、聞いた。この人も見えないものを追っている。あたしには分かった。終わった後、まばらな拍手。滞《とどこお》っていた人の流れがすぐ何もなかったように流れ始めた。あたしの背中をかすめて人が歩いていく。だけど、あたしは動けなかった。女の周りに人がいなくなって、この人がはっきり見えた。裸足だった、この寒空に。着古したような薄汚れた赤いガウンを着ている。震える指で煙草を吸おうとしているこの女を見てあたしは立ち去ろうとした。その時だった。真っ昼間、目を開けたままで、あたしは確かに内側からの声を聞いた。しかももう何十年と使っていない故郷の言葉で「連れでげ」確かにそう聞こえた。その声に気圧《けお》されるようにして女に近づくと、「うち来《こ》ない」と言った。言ってしまった。言った端から後悔した。こんな薄汚い、どこの誰とも素性《すじよう》の分からない女を家に上げるなんて。だけど、口から出たもんはしょうがないじゃないか。女を引っ張ってバス停まで急いだ。

第三話

憂《う》しと優《やさ》しと思えども

某月某日

終日、雨。なんということもない一日。

別に、雨のせいってわけじゃない。昨日と変わらずなんということもない一日。何にもすることがないから、壁に寄りかかって足を投げ出してぼんやり部屋の中に沈んでいた。殺風景な部屋に私一人。この部屋を満たすものが何もない。からっぽ。別に高価な服やバッグが欲しいというわけでない。別に小さな子供の笑い声が聞きたいってわけでない。いいんだ。別に。別に大したことじゃない。別にどうだっていい。別に別に別に別に別に。

日に何度もこの言葉を繰り返している。繰り返して私は何を失っていくのだろう。

こんな雨の日はさびしいって言ったっていいじゃないか。みじめだって言ったっていいじゃないか。

せめて自分の心だけは見失うまい。

某月某日

散歩の帰り、春先の土手でヨモギを見つけた。何にも知らなくても、ヨモギぐらいは知っている。独特の香りがした。思い立って葉先の柔らかそうなところ五、六本摘《つ》んだ。家に帰って洗ってくたくたに茹《ゆ》でてみじんに切って、まだ残っていた正月の餅を柔らかくしたのに混ぜた。間違いない草餅の出来上がり。食べてみたら、草の香りが濃くておいしい。あんこがあればなお良かったのだろうけれど。それから味を占めて、スマホ片手に食べられる野草を探した。ノビル、つくし、フキノトウ、せり。スマホはほんとに便利でちょっと翳《かざ》せば植物の名前も、なんなら食べ方まで調べられる。つくしんぼが食べられるなんて知らなかった。袴《はかま》（というらしい）を取って炒めて卵とじにすると美味《うま》かった。ノビルは味噌をつけて食べてみた。ほろ苦くて辛くて濃いネギの味がする。市販の野菜とは違う、深い味わいがあるというのか、野趣《やしゅ》があるというのか。身近なところにまったく知らない味がある。誰も見向きもしないけれど、ちゃんとそこにあって生きているみたいな感覚。楽しくなった。久々に気が晴れた。笑った。探せばこんなことにも出会える。それなら生き延びられるかな私、とそのとき思ったのだ。

そのとたん、おまえってばこんなことをするために院まで行ったのか。一瞬にして喜びから引きずり降ろす声。

いつもこうなんだ。私が楽しくて浮かれているときに限って、内側から声がする。私を嘲《あざけ》り笑う声。

いつもだったら、くたくたになって地面にしゃがみ込みそうになるんだけど、そのときはまだ、喜びのほうが大きかったのかな、必死に反論していた。私の喜びの邪魔をするなって。等身大の私を認めてよって。いいかげん分かれよ。自分のことをって。

勉強ができて、何でも人に秀《ひい》でてうまくやれる私ってのは、脳が勝手に作り出した私の虚像だ。それに引かれて爪先《つまさき》立ってやって来たけど、無理なんだ。どうしようもなかったんだ。

弱いんだ。小さなやつなんだ。私。それが悪いか。

悲鳴に近い私の叫び。今静かに書いておきたい。

某月某日

冷蔵庫を開ければ、もうほとんど何もない。さすがに今日は固く引き締めた財布のひもを緩めて買い出しに行こう。そろそろ仕事見つけなくちゃ。預金残高も危険水域に近づいてきた。ハロワに行くか。派遣会社にも電話してみよう。

重い腰上げてハロワに行ってきた。仕事さえ選ばなきゃなんとかなる、と思っていた仕事が見つからない。コロナが思っていた以上に影響しているらしい。そういえばマスクをしている人が増えてきた。まさかこのまま見つからないのだろうか。家賃はとりあえずまだ大丈夫だが。とにかく切り詰めるだけ切り詰めよう。といってこの生活これ以上どう切り詰めようがあるのだろう、ため息と一緒に少し笑った。

某月某日

大晴天の朝。おひさまとはいいものだ。こんな狭い部屋ですることは限られてはいるけれど、それでも窓を開け放して布団を干して、パンパンとはたいていい音がしてシーツを洗ってさっぱりして、思ったんだ。やっぱり人は動くものなんだ。動き続けるものなんだなって。立ち止まるとたちまち停滞して体中の体液が濁って汚れて、動けと叫ぶ。人間がサルだのいやもっとアメーバのような細胞だったときから、動くことは生きることで生きることは喜ぶことなんだなって。今や半分引きこもり状態の私が思ったこと。当たり前のことが初めて見つけたことのように新鮮に感じられた。おひさまのせいなんだろうか。私と布団とたっぷりと陽光を浴びて心が軽い。久しぶりに「真《ま》っ当《とう》」という言葉を思い出した。そしたら私もここにこうして元気にやっておりますって、言いたい心境になって、そしたらぽかっと口に出て、そしたらなんだか泣けた。

それを向いの窓のおばさんに見られた。いつものせかせかしたおばさんではなく、窓を開けて悠然とたばこを吸ってる新しいほうのおばさん。何度か見かけたが、目を合わせることなくすぐに窓を閉めていた。その人が笑った。目は笑っていなかったが、口元が笑っていたと思う。いつもの私だったら、気まずくてすぐ部屋に引っ込んだと思うんだけど、そのときはいやではなかった。私もおばさんをじっと見てたぶん少し笑ってしまったんだと思う。分かってくれるんだ、おばさん。手を伸ばせばすぐそこに人はいるんだって、そういう気分にさせられた。なんだっておひさまのせいだ。陽《ひ》の光が人を優しくさせる。

某月某日

外に出ると、このごろやたら人の視線が気になる。じろじろ見られて笑われてる気がして、何か私におかしいところがあるんだろうか。私の心臓はつくづくノミの心臓なんだと思う。何重にもコーティングされたちっぽけなやつ。手元不如意《てもとふにょい》ってやつはつらい。着古してるとはいえ、毎日洗濯したものを身に着けているのに。人目なんか気にしないと思っていても、みじめで不快だった。それが、やっと原因が分かった。マスクだった。送られてきたマスクを使っている。あまり外出しない私だが、外に出てよくよく見れば、このマスクを使っているのは私だけだ。私とテレビの中のあの人ばかり。

私は政治に無関心ではいられない。私の痛みは私の個人的なことだけれど、巡り巡って政治的なことだ。私が定職に就けないことも、今、仕事を探そうにもなかなか見つからないことも、私の個人的なことで全体的なことだ。

私がこのマスクを使うのはもちろん節約のためもあるけれど、忘れないためだ。

困窮《こんきゅう》した人間に大枚《たいまい》をはたいて配られたマスク一枚、極《きわ》めつけの逸品《いっぴん》だってことをいつまで経ってもみんなの記憶にとどめるために。
ちっぽけな私のささやかな意思の表明だ。

某月某日
雨の日は憂鬱だ。晴れた日は気恥ずかしい。三十八にもなって無職独り者の私が用もないのに外を歩くのは気後れがした。雲間《くもま》から時折光がのぞくこんな日のほうが気安くて赦《ゆる》された気がして久しぶりに外を出歩く気分になった。
川沿いの道まで足を延ばしてみようか。ただひたひたと歩いてみたかった。表通りをひと道行けば、そこに萬葉《よろずば》通り商店街がある。ネットでたまたま見つけて、萬葉通りという名前に魅《ひ》かれて、縁もゆかりもないこの土地に二年前引っ越してきた。こんな名前の町なら私も混ざって生きていけると思ったのだ。来てみれば、やたらといかめしい「萬葉通り商店街」の金看板がアーケードの入り口に架かってあるだけで、シャッターの降りた店が建ち並ぶ寂しい町だった。

この通りを歩くとき私の心は、いつだって複雑だ。いたわしくってしたわしい。辛いんだ。でも妙に親和する。私の心にもシャッターが降りているから。

このシャッターの奥で息をひそめて苦しんでいる人がいるということ、私には分かる。

院を出たときは就職氷河期だった。探しても探しても就職先が見つからなかった。学んだことを何一つ生かすことがないまま、非正規の仕事を繰り返してきた私という人間。

この町と私は似ている。

私だけでない。私のような非正規の人間はごまんといる。こんな通りもここだけでない。全国にいっぱいじゃないか。

私もこの国も行き詰まっている。

私はどうしたらよかったのだろう。この国はどうなるのだろう。

すべて自己責任なのだろうか。仕方がないことなのだろうか。

大きな流れの中で逆らえないことなのだろうか。

いくら考えても答えを見いだせない問いを抱えながら、川沿いの道まで来てしまった。

背中を温める陽の光も透き通った川風もそれだけは平等だ。

この自然のやさしさに触れたかったのかもしれない。

川風に吹かれながら思ったのだ。私は今だって私の学んだ学問を誰にも負けないくらい愛している。お金なんかに換算できない。学ぶことが愉《たの》しかった。それだけでいいんだと思った。私にはこの道しかなかったのだ。

私の今を後悔しないこと、それだけは歯を食いしばっても自分に言い続けなければいけない。

某月某日
ずっとこのノートに向き合っていなかった。あの散歩の日からずいぶんと、時が経ってしまった。もうすぐ夏になろうとしている。だのに私の生活は相変わらず。短期のアルバイトが見つかって一月《ひとつき》ばかり働いたが、それも昨日でおしまい。

また無職、先行きの見通しも立たないままだ。いつか笑える日が来るのかな。いつか心穏やかに過ごせるときが来るのだろうかと、自問して首を小さく横に振る。

このごろの私は自分を遠くに見るようにして、何とかやり過ごそうとしている。私を私が観察すること。どうなっていくのか私。私の孤独を救うには私が主体であって客体でもあるような生き方を……

理屈を言うな。もういいんだ。

何も飾ることはない。もう、悲しみは悲しみのままでそのままに書いていこう。今の私が本当の私だ。これが私の自然なんだ。


蒸し暑い夜。

窓を開けて月を眺めた。隣の一軒家の軒先《のきさき》に接するように建つこのぼろアパートのひさしの隙間からだってわずかにお月さまが眺められる。今夜は少し欠けた月。電気を消して息をひそめて月明かりの空を眺める。

いきなり話し声が飛び込んできた。怒ってるんだか笑ってるんだか分からない。

ちょっとぉ……いいかげん、あぁ、はいはい、はぁいってば……もぉう……途切れ途切れに聞こえる声に私は耳をそばだてる。本当は、月じゃない、この声が聴きたくて窓を開けたんだった。あの一件以来、目を合わせれば軽く会釈《えしやく》するぐらいにはなっているけれど。

隣のおばさんたちの話し声。母の話し方に似ている。東北の訛《なま》り。自分では使ったことがなかったけれど、母はこの抑揚《よくよう》でしゃべってた。いまさらに懐かしい。母が生きているころはこんなこと思わなかった。

母はあのおばさんたちのように笑ったり、大声を出したりしたことがあったのだろうか。父の横暴に耐えていた姿しか思い浮かばない。私のようにはならないで。母に直接そう言われたわけでない。でもいつだって目で背中でそう言っていた。私は母を喜ばせたかったのだ。母の期待に応える良い子でいたかった。

私と母だけに通じる特殊な関係性と思っていたが、なんということのない、ある種ありふれた母と娘の在《あ》り様《よう》だった。

自分の辛さを娘で解消しようとした母と健気《けなげ》に応えようとする娘と。

でも私が母の期待に応えられたのは学生時代まで。母はこんなはずでは、と言った。何のために私は、と言った。そのくせ、今度いつ帰るの、早く帰ってきてとも言った。母のひと言ひと言に揺れ動いた私。正直辛かった。思い切り母が重たかった。

一度だけ母を詰《なじ》ったことがある。

仕事が決まらないまま、帰省した夜。今思えば、私が帰ったのがうれしかったのだろう。いつになく上機嫌で鼻歌交じりだった。私はそれが気に入らなかった。そんな楽しそうな顔ができるんだ。母さんが寂しそうな顔ばかりするから、私は喜ばせようとして無理して頑張ったのに、そんな顔しないでよ。笑わないでよ。悲しそうな顔してよって。私の理不尽な言いがかり。目を見張ったあのときの母の顔が今でも目に焼き付いている。

互いに傷つけあうしかなかった母娘だった。

母が育て上げたかった娘に私はなれなかった。

母が死んでもうすぐ十年になろうとしている。

いいかげん母の重圧から解放されてもいいのではないか。

私は母のものではないのだ。私は私のものだ。

これからは私が私を育て上げる。おかしいだろうか。遅いだろうか。

まだ分からないけれど、母が望んだのではない、別の生き方はないのだろうか。

私が満足できる生き方。遅いのかな。もう無理なのだろうか。

某月某日
炎天の中、ハロワに行った。バス代ケチって三十分歩く。なのに相変わらず。

帰り、買い出しにスーパーに寄る。肉も野菜も見切り品。サラダ油が底値だったので迷ったが買う。荷台で袋詰めしていたら……

財布が置き忘れてあった。すぐにサービスカウンターに届けようとしたら、先客がいてかなり待たされた。

仕方ない。正直に書こう。

持ってきてしまった。私は持ってきてしまったんだ。後悔しかない。

ブランド物の財布だ。中に六万も入っている。あとおそらく持ち主の名刺一枚。明日届けよう。

盗んだんじゃない。拾ったんだ。エルメスの財布。金持ちの人なんだ。これくらいどうってことないんだ。

いや、明日届ける。必ず届ける。

某月某日

スニーカー　五千九百八十円

花瓶　二千三百十円

赤いバラとカスミソウの花束　千円

Tシャツ二枚　くそ、地獄に落ちろ。馬鹿野郎

どうってことない。気を大きく持て

某月某日

どうしたぁ、何かあったの

隣のおばさんたちに初めて声を掛けられた。

某月某日

嘘はつけないものだ。人に嘘はついても自分に嘘はつけないものだ。

嘘をついたとたん、心が私を閉ざしてしまう。私に何も語ってくれなくなる。

ほとんど誰とも話すことのない私が、それでも今日までやって来られたのは内なる自分と会話することができてたからだ。外とも内側とさえ話すことがなくなれば、私そのものがないに等しい。

あの財布を何とかしなければ居たたまれない。

一刻も早くあの財布を返してしまおう。

それにしてもどうしてこうも気前よくお金を使ってしまったのか。普段なら買わないものまで買ってしまった。返済が大変じゃないか。とにかく誠心誠意謝るしかない。みじめだけれど仕方がない。

重い気持ちでその人の家を訪ねた。片倉吉野《かたくらよしの》さん。それがその人の名前だった。家を探すのに手間取って着いたのはもう夕暮れどきだった。

訪ねた先は私のアパートとどっこいどっこいの古いアパートの一階だった。ドアを大きく開け放して、大きな石を重しにして閉じないようにしているのだった。最初から予想外だった。なんと切り出すか、緊張して、ごめん下さいと言った私に奥のほうから、入ってと声がかかった。昔はそうでもなかったのだけれど、この何年かの間にすっかり人見知りになった私は、気後れして中に入れなかった。

「何してんの。中入んなよ。腹空《す》いてんだろ」

中からどすどすと音がして、大柄のアフロヘアの女が顔を出した。

この人が吉野さんだった。隣のおばさんたちとあまり年が違わない人だ。あの田口《たぐち》と言います。田口理恵《りえ》です。あの。私はそう言っていたのだと思う。いいから、遠慮しないで。言いながら私を部屋に引っ張って、さして広くない部屋に引っ張ってちゃぶ台、昭和を彷彿《ほうふつ》とさせる丸テーブルに座らせた。あまりのことにぽかんとして何も言えないでいる私に、横からすぐにご飯が出てきた。そう、先客がいたのだ。隣に座っていた金髪の若い男が盛ってくれた。高校生ぐらいの制服を着た女の子のひとりが向こうから箸を渡してくれた。金髪があごで皿を取れと言う。ちゃぶ台の上の大皿に並べられたおかずを取って食べていいんだということらしい。

アフロの、吉野さんはおそらく彼女の定位置なのだろう、奥の椅子に座って汗をぬぐいながらうちわであおいでいた。十月なのにそう言えばまだ薄手の半そでTシャツだ。私と目が合うとやっぱりあごで食べろと言う。

財布のことをどう話したらいいのか、気をもんでいると、喉がゴクリとなって、食欲が抑えきれないのだが、財布の件が片付くまではごちそうになるわけにはいかないと思って腰を上げたところに、赤ちゃんを抱いた若い女の人が入ってきた。その人は前にも来たことがあるらしく、吉野さんに挨拶もそこそこにちゃぶ台の空いたところに座った。疲れた様子だった。それでも赤ちゃんに何か食べさせようとするのだが、むずかって泣いて、どれ貸してみ、と吉野さんは受け取ると、手慣れた手つきであやし始めた。じきに赤ちゃんは泣き止んでもじゃもじゃの頭に手を入れたり、Tシャツの首元から手を入れて吉野さんの豊かな胸を触ったりご機嫌になった。女の人はほっとしたようでご飯を食べ始めた。

段ボールに土の付いた野菜をいっぱい入れて持ってきたおじさんもいた。吉野さんに手渡す瞬間に尻をひと撫《な》でした。吉野さんはバシッと手をたたいた。

このころには私も片倉吉野という人とこの家が飲み込めた。驚き以外なかった。安心してご飯を食べていいような気持ちになり、大皿に手を伸ばした。どれもおいしかった。肉と野菜を炒め合わせたものだったり、野菜の煮物だったり、強《し》いて言えばどれも名前のない料理なのだが美味かった。ちゃぶ台を囲むみんなで特に話が弾むわけでもない、箸のこすれあう音や咀嚼《そしゃく》する音が聞こえるだけなのだが、おいしい料理を囲むあの満ち足りた雰囲気があった。食べ終われればめいめいでシンクに運んで洗って片付けて、あとは思い思いにゆったりしている。女子高生たちは教科書を広げて何やら教えあっているようだし、金髪は携帯をいじっている。女の人と赤ちゃんは部屋の隅でねむっていた。みんな無理せずくつろげる空間だった。

私は吉野さんにすっかり魅了されていた。こんな人がいたんだぁ。そう思ったら、また別の意味で財布を出すのがためらわれた。軽蔑されたくなかった。吉野さんにもっと近づきたい、話がしたい。それどころか一目置かれたい。他の人たちと私はちょっと違うというところを見せつけたい。かつての私の残骸まで顔を出して、私はそれを恥じた。財布を盗《と》った人間なのに。

それでも吉野さんに話がしたくて近づくと、吉野さんが「あんた、勉強できただろ」と言った。「遠回りするんだよね、そんなの」と言ってにやりと笑った。

結局、財布を返さずに私は帰った。自分でもあきれたが、この財布があれば、またあそこに行く口実ができる。私はもう吉野さんとの縁をなくしたくなかった。

それにしても吉野さんのあの部屋。どうしてだか、玄関の下駄箱の取っ手に菜《さい》箸《ばし》がぶら下がっていたのだった。

すり切れた畳敷きの部屋の積み重なった段ボール箱から無造作に服がはみ出していて、出窓には本だの新聞だのテレビだのにいろんなものが置いてあってごちゃごちゃしていてそれでいてあったかい部屋だった。あの部屋そのものが吉野さんという人をよく現しているような気がした。

吉野さんは誰に言うのでもなく、「腹をすかした人間は思った以上にいっぱいいるんだ」「ここがそういう人のたまり場になればいい」と言った。「人の喜ぶ顔が好きなんだ」「私も楽しいんだ」と言った。何の衒《てら》いもない言葉だった。あっけらかんとそう言った。そんなこと考えもしなかった。みじめな自分を人に知られたくなくて人に近づこうなんて思わなかった。人を喜ばせて自分もうれしいなんて発想がなかった。

こんな人がいる。こんな生き方があった。ひょっとしたら、私が探している新しい生き方はここにあるのかもしれない。

思いがけない出会いと発見でその晩は寝付けなかった。誰かにこの驚きを教えてあげたいと思ったが、私の今までの人付き合いではと思って、それからはっとしたのだ、隣のおばさんたち、あの人たちなら、私の喜びを分かってくれると思った。久々に、本当に久々に朝が来るのが待ち遠しかった。

第四話

よき人の

「どうぞ、入って」

夜の九時過ぎ。もう今日はこれで仕舞《しまい》かなと思って玄関のドアを閉めようとしたら、まだいた。玄関先で突っ立ったまま、何やら言いよどむ男の袖口を引っ張って上がり框《かまち》まで引き入れた。

おずおずとして居たたまれなさそうな男をいつものようにちゃぶ台の前に座ら

せ、

「甘酒、飲むかい。ちょうど、あったかいのがあるんだよ」

顔赤くして男はうなずいた。

「ほら」

手渡した湯呑茶碗を両手で受け取ると、大事そうに啜《すす》った。

「うまいです、あのほんとにうまいです」

「だろ。米と麹《こうじ》だけで作ったあたし特製の甘酒なんだ」

慣れて来たら、男は木村《きむら》だと名乗った。二十四、五かそこらか、まだ若い。

木村君は湯呑茶碗を見ながらぽつらぽつらと身の上話をした。

「あの、俺、公園にいたんです。……俺、仕事無くしてしまって、……行くところも無くて、今日だってぼんやりベンチに座ってたんです。どうしようかなって。俺、詰《つ》んでるよなって。……そしたら向こうからズカズカ公園のおっちゃんがやって来て、にいちゃん、見たところ信用できそうだから言うけど、困ったら、ここ行けって、ほんとに困ったらここ行けって教えてくれたんです。誰彼《だれかれ》に言うなよって。お前がほんとに信用のできるやつにしか言うなって。……俺、信用なんて言葉忘れてました。だけど、この俺に信用するって言ってくれて、まだそんなこと言ってくれる人あるんだと思って……あきれて、でもうれしかったんです。俺もおっちゃん、信じてみようかなって。だから、行ってみようかなって、迷ったんだけど来てしまいました」

あたしはうんうんうなずくだけ。木村君に分かるだろうか。背中がぞくぞくするような喜び。部屋の中にあたし以外の人の気配があるってことの喜び、話し声、人が立てる微妙な音の全部がこの部屋をってか、あたしを元気にしてくれてるってこと。それに比べればあたしがやってやれることなんかほんの少しだ。ほんとはもっといろんなことをしてやりたいけどさ、あたしができるのは、あったかい飲み物とご飯を食べさしてあげるだけ。まだ世の中が信用できるって思わせたいじゃないか。

「また来ていいんだよ、困ったらいつでもおいで。おばちゃんがやってやれるのはせいぜいがこれくらいだけどさ、今日はもう遅いから」

残りご飯で握《にぎ》り飯《めし》を作って胃のあたりにポンと押し付けた。あたしのおにぎりはおっきいんだ。つい両手で押し戴《いただ》くような恰好《かっこう》にさせちまう。ごはんのあったかさが伝わったかな。木村君は初めてあたしの顔をじっと見てありがとう、と言った。それから、

「あの、俺なんかが言うのもなんなんですけど、大丈夫ですか。ドア開けっ放しにして、悪いやつが来たらどうするんですか」

「あはは、ここに来る連中はみんな必ずそう言うよ。大丈夫だかって」

「そんときは、そんとき。何もかも神様の思《おぼ》し召《め》しってやつだよ」

神様なんか信じちゃいるもんか。神様がいたらこんなひどい世の中にするわけがない。今時《いまどき》だよ、今時。腹を空《す》かした人間が大勢いるんだ。当たり前だ。若い人の三人にひとりは非正規、女だけだと四割が非正規っていうじゃないか、こんな、あやふやなところに置かせられて、安心も安全もあったもんじゃない。なのにそれを見ないことにしてしまう。みんなきれいに取り澄ましてさ。

「あたしくらいの年になるとさ、良いことも悪いことも、なんだ、おつりがくる

ような人生なんだよ。もう十分」

早く終わらせたいって気持ち、あたしにはある。なんでだか、いつだって。だからいいんだ、それくらいの覚悟はある。

「それにさ、あたしだって他人のこと信用したいんだ。だけど、もうすぐ十一月だもんね、さすがに開けっ放しは寒いや、閉めようと思うよ」

って笑ってやった。

木村君はなおも、どうしてこんなことをって言いかけて途中でやめた。よく分からないって顔してあいまいに笑った。でもありがとうって何度も言って帰ってったよ。

なんであたしがこんなことをしてんだか、木村君に分かるはずがない、当のあたしでさえ、よく分からないんだもの。なんていうか、成り行きなんだよ、成り行き。初めはつい出来心ってか親切心というやつで、隣の貧乏学生に一回だけ、飯をおごってやった。有り合わせの何ということないごはん。それがすごく喜ばれて、そんなに喜んでくれるんならって、いつでもおいでよって言ったもんだから、ちょくちょくその学生がうちに来るようになった。そのうちそいつの友達、友達の友達、あとはもう知らない人までやってきて、まぁ同じ、腹を空かしてるわけで、気の良《い》い連中だしさ、まあ貧乏暮らしの辛さは知らないわけじゃない、てか重々骨身《ほねみ》に染み付いております、てわけでなんとなく作り置きのおかずを用意する、ごはんを多めに炊いて置くってなった。で、みんなでちゃぶ台を囲んでごはんを食べる、そのうち何となくそれが当たり前になってきた。嫌いじゃないんだよ、にぎやかなのも。おばちゃん、吉野さんって人に頼りにされるってのはこれで案外うれしいもんなんだ。で、続いてる、それだけ。

もっともいつもこっちの気に入るお客ばかりとは限らない。半分ぐれかけたにいちゃんねえちゃんもやってくる。

「メシ、あるんだろ、くれよ」

肩をななめにゆすって脅《おど》すように言うやつに、こんなありがとうもろくに言えないような連中にまで喰わす飯はないと最初のころは思ってたが、今は違う。そういうのこそ黙ってうちに入らせ、これ見よがしにあたしの握り飯の作り方を見せつける。大皿にラップを広げてごはんを平盛《ひらも》りに敷いてそこに冷蔵庫から取り出した有り合わせの具材のっける。梅干し、お浸《ひた》し唐揚げ塩辛佃煮《つくだに》なんだって、焼鮭をほぐしたのだの沢庵《たくあん》のきれっぱしだって、とにかくそのときあるもんを、あちこち点々と置いてそこにご飯をまた載せて、ごま塩をまぶす。ラップにくるんでちょっと握って出来上がり。これだとどっから食べてもいろんな味が楽しめるんだ。連中はあたしの手元をじっと見ている。

「ほれ」

黙って持ってく。それでも来た時よりはやさしい肩をして帰っていくんだ。こんなのがしばらくして、道路の反対側からでも深々《ふかぶか》とお辞儀してくれるのを見たときなんかはやっぱりうれしい。ニヤニヤしてしまう。根っから悪い奴なんていないんだ、きっと。いいとこが出る前に悪いとこがおっかぶさって出てしまう、そんなとこなんだろう、ほんとは。

だいたいあたしがしてそうだろう。昔のあたしからして見れば、今のあたしはどっからどう変わっちまってこうなってしまったんだか、笑ってしまう。あたしがひり出したあたし。ずっと奥にあったんだろか、やさしさのかけらのようなもん。それがこの年になってやっとこさ、出てきたんだろか。不思議なもんだよ、人間てさ。人間よりなによりあたしが不思議だよ。あたしってば誰なんだろう。昔のあたしのあっちこっち。どれがあたしのほんとなんだか。やっと今なのかい、ほんとのあたし。どっちにしてもそんな上等なもんじゃない。

やれやれだよ。みんなが帰って狭い我が家もしんと静まって広々とする。

ふかぶかとさぁ、おっきな息をついでいつもの椅子に腰かけて、大ぶりのマグカップにインスタントコーヒーを濃い目に入れて、熱々のお湯をなみなみと注《つ》いで仕上げに牛乳を少し。息を吹きかけながらちびちび飲んでいるときがほんとは一番好きなときなんだ。こうやって首をくの字に曲げて顎《あご》を胸にめり込ませるようにして、ボーっとしているのが好き。全身休めの号令がかかってる気がするよ。んで、ああでもないこうでもないするんだ。たいていは昔のこと、埃《ほこり》をかぶって蜘蛛《くも》の巣が張って、取り出したってもうそんなに心が痛まない昔のことをさ、眺めるのが好き。あぁ、しょうもない。そんなことしたってどうにもならないのにさ。でも戻っていくんだ。仕方ないよ、これから先より、これまでの時間のほうがよっぽど長いんだ。どうしたって振り返ってしまう。

あたしがいつだって思うのは、若いころのあたし、なんであんなにもの知らずだったんだろってこと。いちおう高校にまでは行ったんだ。でもなあんにも考えってなかったね、あきれるくらいにさ。考えることといったら、好きか嫌いか、かわいいかかわいくないかってことぐらいかな、かわいいって言ったってほんとにそう思っていたんだか。ただ周りに調子を合わせて言ってみただけだろうよ、たぶん。あたしなんてどこをどうちょん切ったって、平凡。美人というわけでなし、といってブスというほどじゃない。金持ちの家に生まれたってわけでなし、貧乏というでなし。学校の成績だって真ん中をうろうろ。何をどうとってもそこそこ、端っこじゃないんだ、どこにでもいるその他大勢。そこそこのあたしが生きていくんだから、そこそこ幸せになればいい。言われたことを言われたとおりにきちんきちんと真面目にやってさえすれば、間違えないんだろう、そう考えてたはずだ。いや考えてなんかいない、吐く息吸う息でそれを当たり前としてたんだろうよ、たぶん。

高校を卒業して、地元にある金物《かなもの》会社に就職して、あたしはそこの事務。ちゃんとやってたさ。二年して三年してあたしも人並みに恋愛にあこがれたし、結婚だってしたいと思ってた。

でも積極的に動こうとは思わなかった、自信なかったしね。

そこにあの男が現れた。快活でそれでもって優しそうな男。飛んで火に入る夏の虫って、それ、あたしのことだい。あっという間に好きになって、あっという間に結婚した。

結婚してひと月やふた月は幸せだったんだ。でも三月目《みつき》にはあの男、あの快活さはどこに行ったんだか、仕事から帰るとごろっと横になって何にも話さない動かない。あたしは首を傾《かし》げたけど、疲れたんだろってまぁせっせといたわる食事を作る。あたしは仕事と家庭をしっかり守るって躍起《やっき》だったし、そこまで深くは考えなかった、相変わらず。

一年経ったころ、あの男の祖父《じい》さんが倒れた。それでお袋を助けてくれないかと言われた。そうかぁ、って思ったね。それについちゃあ仕事を辞めて家に落ち着いてくれと言われたときは、もったいないなぁと思ったけど、やっぱりそうするもんなのかなぁ、って納得した。

義両親との同居が始まって、初めこそ姑と家事も介護も分担してやってたが、肩が痛い腰が重いという姑の言うなりに機嫌損ねないようにハイハイと従ううち、直《じき》に何もかも全部あたしの仕事になった。掃除洗濯祖父さんの介護から食事作りまで、ぜ・ん・ぶ。あっという間に朝から晩まで働きづめの毎日だ。それでも姑、あたしのやることなすこと気に入らない。後についてきて後ろから、ああしろこうしろ、ああもうそれじゃダメ、うすのろがぁなまけものがぁ、ぐちぐちぐちぐちちけなすのしる、もういやになった。さすがのあたしも文句を言った。あの男、おふくろはぁお前のためにぃ良かれと思ってぇ、悪気はないんだよぉとそれしか言わない。

姑の仕事はたったひとつ、息子にべったり張り付いて、横になれば夏はうちわで背中をあおぐ、冬は毛布をふんわりと。寒い朝は炬燵《こたつ》で靴下あっためる。舅には見向きもしない、そういう舅は置物飾り物、みごとなまでに何にも言わない。

たまりかねて、実家に帰れば両親は、我慢しろとしか言わない。いつまで経っても婆さんが達者《たつしや》というわけでない、いつかお前の天下が来るから、その時まで我慢我慢というわけだ。その後ろで弟嫁があたしと似たり寄ったりに扱われてる。

うすうす分かってきたね、あたしも。からくりが。

くわぁーって、ほんとにくわぁーって喉の奥からカスカスの声が漏れるんだ。どうしてってさ。あの姑も舅もあの男だって外では普通にいい人なんだ、親切でちゃんとやさしい。うちの親だって極々《ごくごく》いい人間だと思う。なのに家で、あの箱の中では違う。嫁には違う。嫁というだけで違う。あたしが悪いってか、あたしが至らないってか、違う。いじめつけたい、いじめつけて自分を誇示したい。そんな力があの箱の中には働くんだ。人の底意地の悪さを悪意というやつを見せつけられてあたしは混乱した。

頭の中、それじゃダメああしろこうしろうすのろがぁなまけものがぁ母さんはぁ悪気がないんだよぉ良かれと思ってぇ我慢だぁ我慢だぁ我慢すればぁ、この声がひとつつながりで朝から晩までひっきりなしに駆け巡る。

もうあの男に情のかけらの一片もない。逃げよう、と思った。ここでないどっかならどこでもいい。なのに子どもができた。冷え冷えとした夫婦にも子どもはできる。それでまた身動きが取れなくなった。ため息しかなかったよ。

生まれた子どもは男の子だった。姑待望の男の子。すっかり喜んで懐《ふところ》に入れて抱いて離さない。子を取られるような気もしたが、あたしへのあたりも少しはましになった。相変わらずぐちぐちうるさいが、何しろ子どもに気を取られてる。赤ん坊が愛くるしく笑うようになったころ、今度は祖父さんが死んだ。やっと介護から解放されると思った。その分子どもに愛情がかけられる、もうあの男には何も期待しないが、あぁ、だけどそうは言ってもまだ心のどこかでかすかには信じたいって気持ちもあったんだと思う。あのときまでは。

とにかくかわいい子どもだけはしっかり育てよう。なんだかんだ言っても、子どもが生まれたんだし、このまま丸く収まるのかな、結婚して初めて少しは心がやわらいでもいた。

そのうちあの男が珍しくはしゃいで、みんなで温泉にでも行って家族旅行しようなんて言い出した。二月か三月、まだ寒いころだった。うれしかったよう。これまでの苦労が報《むく》われたなんてさ、二日も三日も前から浮き浮きして、姑に一言も文句を言われないよう念には念を入れて掃除して洗濯して準備万端整った朝、あとは出発だけとなったときに、姑がこれお隣に届けてきてくれと回覧板を差し出した。何の疑いもなく急いで行って帰ってきたら、車が発車したところだった。運転席であの男が笑ってた。助手席で赤ん坊を抱いた姑が笑いながら、赤ん坊に手を振らせた。

突っ立ったまま、あたしは車を見送った。

あのときあたしは何思ったんだろう。目の前の川に飛び込んだんだ。家の前の道路に沿って小川が流れてた、川幅五十センチくらいの。春ともなればつくしたんぽぽフキノトウの花が咲くきれいな小川。そこによそ行きのスカート、よそ行きの靴のまんま突っ込んだ。つま先から膝の上まで雪解け水が這い上がった。冷たくてさ、いやもう痛いぐらい冷たいんだよう、切れそなぐらいに。流れに足を取られそうで踏ん張って、水が足に堰《せ》き止められて盛り上がって割れて流れていくのをじっと見ていた。凍《こご》えた足が一瞬赤黒く火照《ほて》った気がしたとき、やっと川から上がった。足を洗うって、文字通り、あれほんとのことなんだ。棒のようになった足を引きずりながら、心だけは急《せ》いて家にとって帰した。家じゅうを見回した。あたしは白く光る障子《しょうじ》の前に立った。暮れの二十九日、冷たい手に息を吹きかけ吹きかけ張った、真新しい障子《しょうじ》に握りこぶしを突っ込んだ。一枚一枚、全部。あたしが張ったものをあたしが破くんだぁ、文句があるかぁ、ってね。バシッ、バシッ、黙っておけばいい気になりやがって、バシッ、バシッてさ。新しい障子は破くのがたいへんで手の甲は真っ赤、血を見てあたしはさらに逆上した。今度は二階に駆け上がって、あの男の部屋の野球のバットを振り回して、大事にしていたプラモデルを一つ残らず粉々に叩き潰した、窓のガラスも叩き割った。バットを持ったまま駆け下りて姑の自慢の桐のタンスにも一撃二撃、床《とこ》の間《ま》の壺も粉々にした。気持ちよかったぁ。さあ今度は何してくれようと思ったときに、けつまずいたんだ、玩具《おもちゃ》のトラックに。はっ、て思ったわ。一瞬にして我に返った。どうしよう。しばらく迷ってあたしは何したと思う。トラックを思いっきり蹴ったんだ。それっきり。金物会社で貯めた預金通帳だけ持って家を飛び出した。この家も実家も二度と帰らない。何もかも捨ててやると思った。事実、あれから故郷《くに》にただの一度も帰っていない。

都会に出てあたしは自由だった。安アパートを借りて、大の字に寝っ転がったときには、清々《せいせい》したよ天国だと思ったね。箸の上げ下ろし、トイレに行くのだって気を使ったあの暮らしに比べりゃ、どんなに狭くたってぼろくたって、勝手気ままのこの暮らしがどんなにいいか、生き返った気がした。

だけど、日が経つに連れて、あの子どものことが思い出された。何もかも捨てて出てきたはずなのに。忘れようとすればするほど、忘れられない。忘れようとしたんだよ。働いて忙しくすれば気も紛《まぎ》れる。喫茶店で勤め始めた。

でも昼間のうちはいい。夜になると、あのアパートの暗いドアを開けたとたん、あの子の顔が目に浮かぶ。泣いてんだ、あたしを待って泣いてんだってさ。あのとき、なんで我慢できなかったのか、って何度も考えた。いっときの衝動でなんもかも無くしてしまった、自分を責めた夜もあった。でも何度考えてもごめんだった。あのまま耐えて生きるのは絶対に嫌だった。

眠れない夜、あたしが考えたこと。

あの家であたしがあのまま居たら、あの姑はあたしの三十年後の姿だった。あの婆さんも若いころはきっとあたしと同じだったんだ。いいように扱われて使い倒される。とっくに亭主を見限って、子どもにだけ張り合いを求めた女だ。あの婆さんの涙ぐましい献身。

でもその結果はどうだ。先回りして何でもやってやるから、あの男は自分の気持ちも見つけられない。あの男は母親の悲しみを心のどこかで知っている。だから逆らえないんだ。母親に奪われた弱い男、それがあの男の作られ方だ。なら、あたしの作られ方はなんだ、どうやってあたしは出来上がった。従うこと従うこと従うこと、強いものがいてそれはおまえじゃないって、さんざん刷り込まれたのか。穏やかにぃ、ことを荒立てないようにぃ、でしゃばらないようにいっていう空気が流れている。それをたっぷりと吸い込んで、ぼんやり生きてきたのがあたしなんだ。

だけど、あのとき、タガが外れちまったんだよう。我慢の糸がちょん切れてしまった。

あたしは子どもより自分を優先した女だ。自分第一の女だ。

だいじな子どもを捨ててしまった。あの家に子どもを置いてきたんだ。

子どもにすまない。

ごめんよ。よっちゃん。その代わり、おかあちゃんは自分だけ幸せにはならない、なってはいけない。

だろ、だから、おかあちゃんに付いて来なくて良かったんだ、って言うためだけにさ。

人は幸せを求めて生きてんだろうが、あたしばかりは幸せに背を向けて、生きようと思った。

都会でたった一人。堕《お》ちるところまで堕ちやがれ。

この先どんなみじめな暮らしでも、好きで選んだことなんだ。どうだっていいやってさ。

幸せになりたいたって、なかなか幸せになれない世の中だ。まして不幸せになりたいってやつが幸せになろうはずがない。ああ、不幸せってやつを思い通り十分に味わいましたよ。

何度仕事を替えたか。住処《すみか》も点々として、そうやってあたしは生きてきた。

五年して十年して、そのころのあたしはもう、幸せだの不幸せだの考えることもなかった。現実があるだけだもの。取り立ててどうのこうの、どうでもよかったさ。気が付けば息子の年を数えなくなっている。ただ淡々《たんたん》と毎日が過ぎていくだけ。ちょうど胃のあたり、丸こい大きな穴が開いてそこを風が吹き抜けていくんだ、それだけ。

ねぇ、生きるってさぁ、さびしいことだよね。何がってわけじゃない。ただされびしいんだ、生きてることがさ。ぼんやりとさびしい。

そんな時、あの男に会ったんだ。あたしよりはちょっとは若そうな男。もう顔も覚えちゃいない。名前なんて初めから知らない。

夕暮れ時だった。バス停のベンチに寄りかかって空を見上げながら、缶コーヒー飲んでた。横合いからふって男が現れて、話がしたいって、ねぇさん俺と話してくださいって言ったんだ。普段だったら、あたしだってそんな男見向きもしなかっただろう。だけどそのときは違った。見上げた男の目があんまり澄んでさびしそうだったから、言い訳はあとでなんぼでも言えそうな気がするけど。いや、言い訳なんて必要ないよね。あたしはその男に付いてった。どちらからともなく安宿に泊まった。

そうなりゃ、あたしはもう開き直った。

部屋に入っても、男はガタガタ震えていたっけ。男はあたしの体に手を伸ばそうとはしなかった。

話がしたいって、ただ話がしたいって繰り返した。

ねえさん、俺もう一か月以上誰とも話してないんですよって。

人と話さないと俺ひょっとしたら、透明人間みたいになってるかも、思わず手見ちゃったりするんです。

大丈夫だよ、あるよ見えるよって、あたしは必死にうなずいた。

首を横に振って、同じです。俺、いてもいなくてもいいんです。何の役にも立たない用無しなんです。

俺これでもまじめにやってきたんです。でも仕事も友だちも何もかも見つからないです。どこにも俺の居場所無いんです。

生きてるのかな、俺。もう、逃げたい。

男は震えながらそう言った。最後の逃げたいは、あたしにというよりも自分に向けて言っているようだった。

逃げたい、これ以上何の飾りようもないむき出しの言葉で、あたしの心にいつだって押し込めている見覚えのある言葉だったから、余計染《し》みた。

おんなじ。この男とあたしはおんなじ。

男は一息ついてへらへら笑って、直《す》ぐに顔がゆがんでこらえきれずに泣いた。

あたしは男の頭を胸に押し当ててきつく抱きしめたんだ。

そうせずにはいられなかった。

気付けばあたしも男と一緒に泣いていた。

この男のために何かしてあげたいって、あのとき心底思った。

背中を擦《さす》った。男の頬の涙を吸った。震える男の腕を胸に誘った。

せめてただいっときだけでもこの男が幸せでありますように、ひとりじゃないって思えますようにってさ。

おざなりの言葉なんて必要なかった。あたしはただ男の要求にまっすぐに応えるだけだった。生気のない男の頬に赤みが差して体が硬直したとき、あたしの体だって。

そのときなんだよ。あの言葉があふれた、自然と。

かっかどるどるどぅ。

つま先から頭のてっぺんまで、どぉって言葉が電流のように流れた。冷たくてあったかいの、いっしょくたに。

つながっている、ひとりじゃないんだ、かっかどるどるどぅ。

かっかどるどるどぅ、これだって愛なんだ。

かっかどるどるどぅ、あたしは生きている、ってさ。

もし神様がいるんなら、そんなのいるわけないけど、あたしはこの男を通して神様と、ううん、天上のなんかものすごくきれいなもんと直《じか》につながってるような気がしたんだよ。強く力がみなぎるような、あたしは何でもできるっていうような、さびしくてどうしようもないこのあたしが、この男を幸せにできるし、このあたしを幸せにさせるっていうような、あふれるような力ってかさ。

ひとりで生きているって思ってたのに、あのときあたしの心に流れたもんは、ひとりじゃないんだってこと、つながっているんだってこと、何か大きなもんと。人も自分も愛おしいって思う気持ち、あたしにあったんだってこと。人も自分さえも何とかしてあげたい、ってさ。心が揺さぶられて居ても立ってもいられなくて、どうにかなってしまいそうな気持ち。あの一瞬だけあたしは万能で、燃えるように幸せだった。あのときあたしは確かに生きてるって腹の底から思えたよ。生きてること、それが何で、かっかどるどるどぅなんだか、あたしにも分からない。

子どものころテレビで視た人形劇なんだ。確かドイツ語で鶏の雄叫《おたけ》びなんだよ。テレビで視たっきり、ただの一遍《いっぺん》も思い出すことなかったのに、あのときふってよみがえって、あの感覚、かっかどるどるどぅ以外に考えられないんだ。

あの感覚をもう一度味わいたくて、あたしは行きずりの男と何度も寝た。若い男も年よりも金持ちも貧乏人も。そのうちの何人かとはそのまま付き合うようにもなった。残念ながら、あの感覚はあの一回こっきり。

だけど、分かったこともある。人は誰でも多かれ少なかれさびしいんだなってこと。

あたしはね、そのさびしさをすぐ嗅《か》ぎ分けてしまうんだ。そういう質《たち》なんだろか。きっとあたしもさびしいからなんだろね。んで、すぐ何とかしてあげたいって思ってしまう。

あたしはね、人の喜ぶ顔を見たい人なんだ。人が喜ぶ顔を見て幸せになれる人だった。

人の笑顔が好き、笑顔を見て喜ぶあたしが好き。

時間をかけてそういうことが分かってきた。

生きるって分かることだよね、自分のことが。

1＋1＝2だろう、誰でも知ってる本当のことだ。それとは別に生きてく中で実地でつかみ取る本当のこともある。それを見つけることが生きるってことかもしれない。幸せってことかもしれない。

だから、ひょっとしたら、あたし幸せだったのかもしれない。

付き合う中には金持ちの爺さんもいた。その爺さんが思いがけず金を遺してくれた。あたしなんか見たこともないような大金。好きなように使えってさ。

今までかつかつに暮らしてきたんだ。何か欲しいって思うことさえ忘れていたよ。

だから、あたしはいったい何が欲しいんだろって改めて考えてみたんだ。家族だった。

息子のことを考えないわけじゃない。ずっと考えてた、今まで。生き別れ、死に別れ、別れはいろいろあるんだろうけど、二つに別れたらもう取り戻しようがない、縁が切れたんだ、あのとき。別々の道を行くしかないんだよ。また一緒になるなんて考えられない。何もしてやれない。それでいいんだ。その代わり。

ねぇ、家族ってさ、血がつながらなくっても、家族になれないかな。貧乏学生に飯をおごるようになったのは、そのせいかもしれない。萬葉《よろずば》通りに腰を落ち着けてもう十年になる。

あたしは家族を作ろうと思った。

みんなで一緒にご飯を食べてさ、笑ってられたらそれでいいんだ。一緒にご飯を食べる人がいるって、それだけで幸せなことなんだ。ゆるくつながる人間関係があればそれでいい。それがあたしの考える家族だ。

いろんな人があたしのちゃぶ台にやってくる。人間て面白いね。

この間から、ずっとあたしにまとわりついて離れない子がいる。子どもったって大人だよ。で、あたしが近づくと逃げる。何なんだろうと思ってたら、この間、おずおずと財布取り出した。ごめんなさいって、盗りましたって。真っ赤な顔して頭掻《か》くんだ。思い出したよ、失くした財布。戦利品だよって言ったら、はてなって顔した。かわいいね。

その子が明日、人を連れて来る。何でも隣に住んでいるおばさん。話したことないんだけど、大好きな人たちなんです。あたしのこと分かってくれる人たちなんです。吉野さんもきっと好きになりますってさ。今度はこっちがはてななんだけど。いい。この年になれば、いろんな人に出会えることが幸せなんだ。分かっているよ、最後は独りなんだってこと。独りがいいってこと。

あたしも年を取ったんかねぇ。

このごろ、やたら故郷のこと思い出すんだ。

何もかも捨てたつもりだったから、故郷の言葉さえ使わなかった。誰も気付いていないだろうけど、あたしは東北の生まれだ。

雪が深くてさ、風も強いところ。

雪ってねぇ、平らに降るんじゃないんだよ。

吹雪の日は、降った端から吹き上げられて飛ばされて白く踊って目の前も見えなくなる、息もできない。降り止むころには田んぼが波打って白い海ができるんだ。くぼみには吹き溜まりができて春になってもすぐには融《と》けない。忌々《いまいま》しいって思ったね、子どもでもさ。

雪は楽しいばかりじゃないんだよ。

あたしが一番覚えているのは、子どものころの吹雪の夜の風の音。唸《うな》るような吠えるような風の音。どこかで女の人が泣いてるように聞こえたもんだ。寒々しくて恐ろしくて布団にくるまって震えたもんだ。

あぁ、あの吹雪の夜の女の泣き声は、あたしが泣いていた声だった、そう思ったころは、あたしが一番つらい時期だった。
最初から決まってたんかなぁってさ。
もういちどあの吹雪の夜の風の音が聞きたい。今だったら。

第五話

我のみや夜船《よふね》は漕《こ》ぐと思へれば

しょうがねえな、ため息と一緒にこの日何度も口にした言葉を性懲《しょうこ》りもなくまた繰り返して、俺はベンチに腰掛け足を投げ出した。横になりたいのに仕切りが邪魔をして横にはなれない。三人で腰かけて僅《わず》かの間の休息に使ってくださいってか、怠け者のあんたが寝転がるようにはできてないんですってか、ベンチの声が聞こえるようだよ。何もかも俺を拒否しやがる、しょうがねえな。

手を頭で後ろ手に組んで十月の薄闇の空を眺めた。雲間から星が見える。一つ、二つ。三つ、四つ。きれいだな。俺がこんなに腹を空かしてどうしようもなくて困っているのによ、やっぱり遠くの星は光って輝いていやがる。しょうがねぇ、しょうがねえよ。

しょうがねぇ、しょうがねぇを何度も繰り返してると、何がしょうがねぇか、分からなくなる。それでも言っちまう。しょうがねぇよ。とりあえず、そう言っとけば俺の気持ちが丸く収まるんじゃねぇの。ま、どうってことねぇよ、俺なんかさ。あんまり考えたかないんだよ。ぼんやりしてるだけだよ。でも考えたくなくても、こうぼんやり考えるもんなんだな。

昼日中《ひなか》は、河川敷のそばのこの公園も親子連れや子どもの歓声があふれてた。サッカーか、お砂場遊びか。いいよな、俺には遠い。気が引けて、日中は人目に付かないように、河川敷のすすきに囲まれたコンクリートの護岸に座って河眺めてた。日差しが背中にあるうちはあったかくてさ、河口に近い河だから、広々として深々として案外気持ちよさげに見えたんだ。ここでもいいよな、って思ってさ。だけど日が陰ってきたら、川風は冷たくなるし、水まで寒々と見えてきた。尻も痛い。とりあえず今日じゃないって思ってさ。暗くなって静かになってきたから、やっとここに這い出してきたんだ。結局今日一日俺何もしてねぇ、見事に何もしてねぇな。もうほかにすることないんだもの。所持金は底をついてきた。持ちものと言えばこのリュックサック一つだけ。母親のところに帰る金だけは別にとって置いたんだけど、もうそれもほとんど残っていない。どうせ帰る気もないんだ。もうこれ以上親の失望する顔は見たくないし。あそこは俺にとって一番近いようで一番遠いところだ。俺はやっぱりこのままでいい。

　ああ、腹減った。でも俺、思ったほど悲観してねえな。こうなる前はこうなったらどうしようこうしよう苦《く》にしていたんだ。だけどそうでもないんだな。こんなもんだよ俺って、思ってるところがある。しょうがねぇだろって、なだめている俺もいる。苦にする時期は過ぎたんだ。こうなったら気楽なもんだよ。だって俺、守るものもう何にもないもの。静かに待っていればいいんじゃないかってさ。もう何も考えなくていいんだよ。モノになるんだ。成り行きに任せればいいじゃていか。そういやぁこんなこと前にもあったな。期間工で工場のラインで働いているとき。次から次に押し寄せてくる自動車の部品を延々《えんえん》と組み立てる仕事。あのとき俺は思ったんだ。流れに沿ってただ体を動かす。俺も動く部品なんだってこと。今だってそう思えばいいんだよ。考えないこと、それが一番楽なことなんだ。感情があるから苦しいんだ。今だって同じだよ。モノになれ、モノになれ、モノになりきるんだ。あとは時間が解決してくれんじゃないかってさ。

俺はモノ、モノ、モノって繰り返していたら、笑えるよな、合いの手が入ったんだ。微《かす》かな唸り声。さっきから気付いてはいたんだけど、俺の匂いとは別の何か獣《けもの》の匂いがしていた。辺りを見回すと、ベンチの近くの植込みの下に何やら黒いものがいる。前かがみになって、目を凝《こ》らすと犬だった。丸めた背骨が浮き出るほど痩せこけた黒い犬。けっこう大きい。

「なんだよ、おまえも俺と一緒かよ」

思わずしゃべっちゃったよ。今日初めて出す俺の声。

犬がいたことより、俺はむしろ自分の声に驚いた。俺ってばこんな声だったたっけ。まだ言葉話せるんだったっけ。今日どころかここ何日か、誰かに向けて話したの、それがこんな痩せ犬でもさ、久しぶりだったから、自分の声に驚いたよ。

「おまえも待っているのかよ」

犬が相手だと俺、すらすら言葉が出てくる。暇つぶしにちょうどいいや。俺はベンチからゆっくりと腰を下ろしてそのままズリズリと芝生の上を尻を滑らせながら犬に近づいた。犬は歯を剝き出しにして低く吠えたが、かみつくとかどこかに行くとかそんな気力も無いようだった。よく見れば頰のところがバックリ開いていて、そこに血膿《ちうみ》がべっとり張り付いている。

なんだかなぁ、モノになりたい俺の、でもまだモノになりきれない俺の心が痛むっての、かわいそうによ、俺は自分のことではもう涙一滴も出ないのに、この犬のためならいくらでも泣けそうな気がしてさ。だって、この犬の人生ってのが、犬生だよなやっぱり、アニメの一コマ一コマのようにしてパラパラ浮かんで見えたんだ。どこでどうやって生まれてどこでどうやってもうまくはいかなくて誰にも相手にされなくて痩せて傷ついてここにたどり着いたんかが、分かったような気がしたんだよ。きっと俺とおんなじだ。

ワンコはまた低く吠える。大丈夫だってば。そう声をかけようとしたが、そっとしておいてほしいんだろうか。これ以上近づいたら、ほんとに嫌がられるだろうから、俺はきっかり二メートル分離れて横向けに腕を枕に寝そべった。ほんとは俺にどっか行ってほしいんだろうけど、離れがたいんだ。そばにいてやるよってか、そばにいさせてよ。


そのまましばらく俺は犬眺めてた。

どれくらい時間が経ったんだろう。ワンコはもう吠えなかった。うなりもしない。もうあごを地べたに埋《うず》めて動かない。

俺はやっぱりいいよなって思った。誰かがそばにいるって。獣臭ていうか、傷口の腐臭でも懐かしいようなあったかいような匂いに思えるんだよ。ワンコの吐く息吸う息が湿った芝生を通して俺に伝わってくる。ワンコの形がそのままわずかにしぼんで膨らんで。その形のままやっぱり生きてるんだよな。そう思ったら俺だってさ、俺のかさばりも重みもこの芝生の上でやっぱり息して小さく動いてんだよって。

同じだよって呼びかけてみた。

「おまえがいて良かった」

小さな声で俺はそう言ってみた。相変わらずすきっ腹を持て余してどうにかなりそうなんだけど、おまえがいるからいいや。

「おまえも逃げてきたんだろう」

「俺もだ」

俺、ワンコのそばに寄って背中をガシガシ撫でてやりたいような気がして、立ち上がりそうになった。んで俺もほんとは誰かに背中を撫でられたいんかなってさ。

馬鹿だよ。俺なんかが死のうが生きようがどうってことねぇよ。誰も気にしちゃいねぇよ。だけどな。ここにきてさびしいよな、俺って。ワンコ、おまえがいけねぇんだぞ。そんな気持ちずっと前に捨てたんだ。俺はモノモノって言い聞かせてきたんだ。何も感じない考えないって。

でもな。俺だってさ、たまにはさ、てか最後の最後くらいはさ、ちゃんとしてぇよ。なんで俺こんなになっちまったんだろな。少しは自分の頭で考える。自分の気持ちにきっちりけりつけるためにもな。俺だってこうぼんやり考えてはいるわけよ。だけど、黙って考えてるだけだとな、腹減ったとしょうがねぇの間を行ったり来たり、まとまって考えられねぇ。だから声に出して言う。ワンコ、おまえだからいいんだ。俺、人前だとうまく話せない。

言うよ、だから聞いて。

相変わらず地べたに顔を埋めたワンコを見ながら、なるたけ自分の感情を殺して、そんなの無理なんだけどな、俺は言葉を探しながら考え考え言った。

「えっと。心に突き刺さる言葉ってのがある。

子どものころは勉強ができないだの、頭が悪いだの要領が悪いだのいろいろだ。

主に母親からなんだけど、グサッと来るけど、これ本当のことだから仕方がない。

だけどな。足だって、せいぜい真ん中より上ぐらい、勉強はずっとその、低空飛行だ。テスト何回もやってれば、俺ってこんなもんだって分かるだろう。初めから一等になれないと分かってて競争させられるのはつらいんだぜ。おまえはこの程度、この程度って、念を押さなくても分かるつうの。俺、勉強嫌いなんじゃなくて、競争が嫌なんだ。ほっといてくれって思ってた。落ちこぼれの言い訳だけどな。それでも母親のたっての願いで大学にも行った。行くだけは行った。

社会人になって、

〈この間抜け野郎が〉

〈うすのろ〉〈やる気があるのか〉

〈出てけ〉〈クソガキ、なめんなよ〉

〈死ね〉

この言葉は地味に効いた。俺は自分が頭が悪いのも要領が悪いのもさんざん分かってんだ。その分人の倍も三倍も努力するつもりだった。そのくらいの覚悟はあった。事実やったよ、それでも言われるんだ、毎日毎日。顔すれすれに怒鳴られる、耳をふさぎたくなるような大声で罵《ののし》られる。俺は直立不動で聞いている。脂汗が出て震えが止まらないんだ、吐き気をこらえるのがやっとだった。

今ならもう何とも思わない。なんなら笑うように歌うように言って見せようか。

上司は、あの人たちには、死ねはおはようこんにちはと同じなんだ。怒鳴られるだけならいい、小突《こづ》かれて蹴飛ばされることもしょっちゅうだった。それがボディブローのように効きやがる。

でもそんなのは慣れれば何とか、何とか、なるもんなんだ。

一番つらいのは朝から晩まで拘束されること。

〈やる気があるならタイムカードを押してから出直して来い〉

心をすり減らしてそれでも何とか踏ん張って契約を取ると、

〈この程度でいい気になるな、なんでもっと上を目指さない〉

俺の生活は六時起き、七時には家を出て、帰りは終電。カップラーメンとコンビニのおにぎりを食べて風呂に入って寝るだけ。ほかは何にもない。飯を食う時だけ、ヘッドホンをして大音量で音楽を流した。そのときだけ俺少し息を吹き返したかな。定時に帰れる人が羨《うらや》ましかった。なんで俺だけって思ってた。どうせ俺なんか良いことないんだ、あきらめろ。欲を出すからいけないんだってだましだましやってきた。これでも俺は頑張ったほうなんだぜ。言いたくないお世辞《せじ》を言ってみたり、ゴマすってみたりさ、いろいろやってみた。同期は次々に辞めていった。俺が辞めなかったのはあの就活を二度とやりたくなかったからだ。四十回も書類選考で落とされてやっと面接に行きついても残念ながら今回は貴殿のご期待に添えずってメールが届く。結果を待つまでの時間、今度こそって思いながら、でもやっぱり駄目だろうなって、あきらめと期待とで心が切り刻まれる。そうやって待って待ってやっと決まった住宅販売会社だった。手放したくなかった。だけど結局一年持たなかったよ。朝起きたら、意味なく涙がぽろぽろこぼれて止まらないんだ。そのまま布団から立ち上がれなかった。

俺は仕事を甘く考えてたつもりはない。いいことばかりでないんだろうな。つらいことだってあるんだろう。でも、働くってさ、基本、人を幸せにして、その喜ぶ顔を見て、俺も幸せになる、みんながウィンウィンになることじゃねぇのって、俺思ってた。

あはは、そんなもんじゃなかった。搾《しぼ》れるだけ搾りとる、安く買いたたく、後先考えない、そのときだけ良ければいいんだ。自分だけ良ければそれでいいんだ。基本、その下で働く。

そうは言っても、俺だって生きていかなくちゃなんない。あの後、心療内科に行って、何とか気持ちを立て直してまた仕事探したよ。もしかしたら、あの会社が特別で、探せばもっといい会社があるんじゃないかって。今度こそ間違えないで探そうって。

だけど、ないんだよ。腰を落ち着けて働けるようなところ。大量に採用するところは結局大量に辞めてくところなんだ。あったって、期間限定。繁忙期《はんぼうき》はなんぼでも雇います。でも、暇なときはご自宅で待機してくださいね。何ならほかの都合のいいところで働いてください。忙しくても、暇なときでも俺は飯を食います。家賃も必要ですって。そんなこと考えてくれないんだな。必要なのはあんたの労働力であって、あんたじゃありませんってことなんだ。あんたを切り売りしてくださいって。

俺はただ安心して暮らしたいだけなんだ。一か月後の自分も二か月後の自分もちゃんと想像がつく暮らしがしたい。それってそんなに贅沢《ぜいたく》なことなんか。ああ贅沢ですよ、贅沢の極み。

とにかく俺はつべこべ言わずに働いたよ。文句言える人はゆとりのある人なんだ。

一番長く働いたのは、倉庫のピッキング。この仕事は俺好きだった。あんまり人と関わらず、黙々《もくもく》とやる仕事、俺に向いてんだ。でも腰を痛めてしまった。続けられなかった。

居酒屋のバイトもやったけど。俺、人とうまくやっていけないんだよ。気の利いた受け答えがうまく出てこない。俺、心の中ではけっこうおしゃべりなのによ。面と向かって人と話せない。どうせ俺の話なんかって思うと、話すのがめんどくさくなる。あとは下向いて押し黙るだけ。人は逃げ出すよな。次の週のシフトに入れてもらえなかった。はぁあだよ、はぁあ。

俺、自分で自分が嫌いだ。今までただの一度だって自分を好きになったことがない。当たり前じゃないか。俺はうまくやろうとすればするほど、失敗するやつなんだ。いつでも、どこでも。

でも、あのころの俺は、生まれたからには生きていかなくちゃなんない。凝《こ》り固まってて何とか、とにかく何とかこの生活から抜け出さなくちゃってさ。それで期間工になった。これからのことをじっくり考えるだけのまとまった金が必要だと思って。

ラインに入れば後は流れるように体を動かさなくちゃいけない。少しの無駄な動きも許されない。徹底的に管理されて。正直に言うよ。それが快感って思うときもあったんだ。ある程度、仕事慣れてきたときにさ。決められたことを寸分《すんぶん》たがわずやっつける。繰り返し繰り返し、こつこつきちんきちん。黙ってても俺の体は反応する、動く。頭はそのためにだけ。俺がこう工夫したらこうなったなんてことは何にもない。ねぇ、それが快感て分かる。あなた任せ。こりゃ、楽だわってさ。だけどすぐ。飽きたほとほとな。仕舞いには五分でも、十分でも早く終わってくれって願うようになる。でもよくよく考えたら、それ俺の大事な時間なんだよな、それが早く終わってくれって願う俺って何なんだ。働くってなんだろな、生きていくってなんだろな。

そうやって期間工の仕事は終わった。金だけは残った。今度こそ、その金を元手に俺は手に技術を付けるんだ。そう思った俺は職業訓練センターに行った。そこでは勉強しながら給料ももらえるっていうじゃないか。持って来いだ。勉強なんて大学卒業以来だ。もうあんなちゃらんぽらんはやらない。俺は初めて学ぶことの大切さに気付いた、まじめにやるって。おせーよな。

俺はそこで中野《なかの》に会った。隣の席に座ったのが中野だった。俺と中野は最初から妙に気が合った。授業が終わって近くのファミレスによく行った。俺は中野に今までのこと何でも話した。子どものころ好きだったゲームソフト、好きな音楽。好きな女の子のタイプなんでもな。中野を前にすると俺不思議と言葉がすらすら出て来るんだ。中野は面白がってうんうん、うなずいてくれた。こんなこと初めてだった。彼女いない歴年齢どころか、友だちいない歴ほぼ年齢のこの俺に友だちができたんだぞ。うれしくてうれしくて俺、舞い上がってしまったよ。無二《むに》の親友ってこういう人のことを言うんか。

研修が終わりに近づいたころ、中野が俺に折《お》り入《い》って話があるって言うんだ。いつものファミレスで俺、起業がしたいって。なぁ、おまえも一緒にやらないか。ついては金が必要なんだ。おまえも出せよって。中野の話は夢のような話だったよ。ほんとに実現できるんだろうか。迷わないわけではなかったけれど、中野は俺の親友なんだ。親友の頼みなら断るわけにいかない。何日かして、俺は当座の金だけ残して今まで貯めた金、全部渡したよ。馬鹿だよな俺、だまされるとも知らないでさ。

次の日、中野は出て来なかった。おかしいな、風邪でも引いたのかな。ラインしても既読が付かない。電話しても出ない、何度も電話するうちに通じなくなった。何か事件に巻き込まれたのかもしれない。そこまでいっても、それでも中野のこと心配してたんだぜ、俺。教えてもらったアパートに行くと空っぽだった。だまされたんだって、そこで初めて気が付いた。俺へなへなして玄関先に座り込んでしまったよ。どうしてだか、笑いがこみ上げるんだ。感心したよ感心したよってさ。世の中には俺のようなギリギリの生活をしているやつから平気で金をだまし取れるやつがいるんだ。よりによってそれが中野だったなんてさ。中野がそんなやつだったなんてさ。

あんなに苦労してチマチマ貯めた金が全部無くなった。もう俺ってやつは。俺何もかもやる気なくしてアパートに引きこもってしまった、そのうち家賃も払えなくなるし、追い出されてあちこちふらふらして気が付いたらここにいるってことだよ。何だ、何にも面白くねぇじゃんか。俺がどうしてこうなったかなんてさ。ワンコおまえのせいだぞ。俺がしょうがねぇ、しょうがねぇで塗り固めたもんを、おまえがひっぺがしてしまったじゃねぇか」

「ああ、お目出度《めでた》いよ。だまされる俺が一番お目出度い。だけど、なら俺、何を信じたらいい。何を信じて生きていけばいい。何もないよな。仕事も金も友だちも。

俺は自分が嫌いだ、心底嫌いだ。どこまでいっても立ち直れない。何をやってもうまくいかない。だけどこの世の中も嫌いだ、大っ嫌いだ。中野だけじゃない、この世の中は自分さえよければそれでいいんだ。人の痛みなんてこれっぽっちも考えない。自分が儲けさえすれば人がどんなに困ってもどうでもいいんだ。この世の中は人の痛みなら百年でも我慢できる人たちで成り立っている。いいよ、分かったよ。俺も生きる価値無し。この世の中も生きてく価値無し。そうだろう、なあ、そうだろう」

ワンコ、おまえ聞いてるのか。

相変わらず顎を地べたに埋めて静かに息しているだけのワンコに近寄って揺さぶってやりたいような気持ちになって、あれ、俺の気持ちの大半は怒りだってことに初めて気が付いた。怒ってるっていうのは、そりゃもちろん俺にだ。ずっと怒ってるってか情けないってか、もっとこりゃ何とかなんないのかよ、俺ってのはずっとある。中野にだって、あの野郎、俺をだましやがってという気持ちもある。だけど俺が怒ってるのはもっとずっと大きいっていうか、誰が相手かよくは分からないものなんだ。この世の中全般っていうか、誰が相手かはっきりとは分からないけど、ずっと大きくて強くてずるいやつだ、とにかく。それに俺怒ってる。あれ、それでいいのかよ。俺、怒るっていうのは、もっとそこらの不良だったら赦されるってか、だから不良だっていうか。じゃなければ選ばれたやつだ。怒って文句言ってああだこうだ言えるのは特別な人なんだ。俺なんかが、怒っていいのかな。大きいの相手に。俺なんか黙って付いていくしかしょうがねぇじゃん。だけど、俺やっぱり怒ってる。言っちゃいけないことかもだけど怒ってる。ってか、怒ってもいいよな。

声に出して言ってみるってやっぱりいいよな。心の中で思ってるだけだとあちこち飛んでまとまりが付かないじゃん。でも声に出したら、あれ俺こんなこと考えてるんだってさ、はっきり分かるっていうか、言った俺がびっくりするって言葉飛び出してくるよな。俺の中でこもっていて出口が見つからないもやもやしたもんを外に引っ張り出すってことなんだ。たぶん。

だけど、こんな広い公園で俺がひとり、おまえ相手にしゃべったって誰にも届かないよな。

俺の声は言った端から消えてく。それでもなんかそこら辺の植込みの木だの葉っぱだのにくっついてすうっと溶けて滲《し》みて入ってくんだ。それだったら、いいな。誰も知らなくても木だの葉っぱだの俺のこと分かってくれるっていうか、慰めてくれる。救われるって気がするよ。俺、人間は嫌いだけど、木だの花だの虫だの自然は、まだ信じられる。いいよな。

死んだらさ、光の粒みたいになって、ふわふわ飛んでってあちこちきれいなものだけ見て眺めて漂っていられるならいいよな。永遠にな。そんだったら俺すぐにでも飛び込むよ、河に。だけどそんなわけないよな。それにやっぱりこえぇよ。だけど生きてくのもこえぇや。

俺は気の小さいやつなんだ。

人と争うのなんて大嫌いだ。怒鳴り声なんて聞きたくもない。人と争うくらいなら黙ってやり過ごしてあとからのんびり付いていけばいいって思ってる。争って一番になりたいなんて思わない。そんな力俺には無いしな。その代わり、そんなに多く欲しいとも思わない。

俺はただ、のんびりゆったりあちこち眺めながら、みんなの後を付いていけばいいと思ってた。だけど、そんなの無理なんだな。どうしたって競争なんだ、学校も会社も。どこもかしこも。走れ、走れ、よそ見をするなって言われる。うんざりなんだ。俺、働くって気力もう湧かない。俺は弱いんだ。俺は生きてくのに不向きな人間なんだ。

だけど、

「なぁワンコ、おまえなら分かるだろう。ほんとに腹が減るとな、震えが来るんだな。手足が震えて、心臓がドクドク鳴って、胃袋がきゅっと縮まって、今ならどこに胃袋があってどんな形だか手に取るように分かる気がするよ。その胃袋が叫ぶんだ。俺の全身毛穴の隅々まで、水を飲ませろ飯寄こせって叫ぶ。生きたいって声を振り絞って叫んでる気がしてさ。いい加減あきらめろ。水飲んだら、飯食ったら、引き伸ばすだけだろ、無駄だよ、我慢しろ。生きてくことなんて、もううんざりなんだ」

心の俺が言い聞かせてるのに体の俺はいうことききかない。キュウキュウと鳴きやがる。

参ったよ。ほんとどうすればいい。

やっぱり、生きたいのかな、俺。

他に方法がないのかな。別の生き方できないのかな。

俺、今無性に親父に会いたいよ。親父なら何て言うかな。会社から帰ると、ビール飲みながらプロ野球中継見るのが好きな、無口な親父だった。親父と話した記憶はほとんどない。一度だけ、親父の田舎に二人で帰ったことあったんだ。ばあちゃんが喜んで、鶏を一羽つぶしてごちそうするって言うんだ。バタバタ羽根を動かそうとする鶏を脇に挟んだ親父と二人河原に行った。おれは怖くて遠くで目をつぶっていたんだけど、鶏がキュって鳴いて、目を開けたら、もう鶏はぐったりしていた。残酷だよな。だけどあのときの親父はきびきびとして男らしくて超かっこ良かった。焚火《たきび》をして死んだ鶏を火にあぶるんだ。そうすると羽根が抜けやすくなるんだってさ。おまえもやれってさ。恐る恐る俺もやった。あの何とも言えない匂い。羽根を抜く時のプツンプツンって感触は、今でも覚えてる。あのとき親父は言ったんだ。よく見ておけ、何とかってさ。咥《くわ》えたばこで言ったから。焚火のはぜる音もしたしな。よく聞き取れなかった。あのとき何て言ったのかな。無性に俺知りたいよ。父さん俺に何言いたかったんだろう。

俺が中学のときに親父は癌で死んだ。でも良かったと思う。ガミガミうるさい母親と出来の悪い俺でもとにかく家族で見送れたんだ。親父の時代は家族が持てた。俺は無理だ。俺たちの時代は幸せなやつしか家族が持てない。

俺が二十歳のころ、母親は子どものいる人と再婚した。母親には新しい家庭があるんだ。だから俺、帰れないし第一帰らない。

なんでだろ、俺母親と面と向かえば、やたら腹立つんだ。俺に見当違いの期待なんかするなよ、重たいだろがってさ。だけど遠く離れてみれば、俺のこと一番心配してくれるのは母親だよなってこと、それぐらいは分かるさ。遠くにいたほうがいいんだよ。遠くで元気でいるらしいって、思ってくれればいい。帰らないのが、俺が母さんにしてやれるたった一つのことなんだ。

あぁあ、俺もおまえも生まれる時代間違えたよな。原始時代にでも生まれりゃ良かった。原始時代はいいぞ。金もないしな、みんなで共同して狩りをしたり、魚をつったり。それをみんなで分けるんだ。焚火をしてみんなで踊ったりな。いいなそんなだったらいいな。

だけどさ、アイスマンって知ってるか。アルプスの氷河の中から見つかったミイラ。俺テレビで視たんだ。アイスマンの足には刺青《いれずみ》がいっぱいあった。俺、かっこつけるためにやったと思ったら違うんだ。膝だの腰だの痛みを紛らわすために、新しい痛みをわざと作ったってさ。はぁあ、いつの時代も生きるのはつれえよな。

ワンコ、俺、おまえがいるからいいや。これからずっと一緒だぞ。一緒にな。そう繰り返しながらどうやら俺は眠ったらしい。


それから後のことはよく覚えてないんだ。明るくなって目が覚めたら、俺どういうわけかワンコの背中を抱いて寝ていた。ワンコが俺を温めてくれたのか、俺がワンコを温めたか知れないが、すきっ腹でもよく寝れた。目覚めたとたん、俺は決めていた。今日決行するって。迷う時期はとっくに過ぎた。もうぐずぐずしていられないと思った。その前にリュックサックの有り金全部叩いて買えるだけの食いもの買って、ワンコと二人分けあって、それからだ。

締めて五百六十八円。近くのコンビニに行って牛乳一パックと缶コーヒーとおにぎり一つと唐揚げ、それで全部だ。

これが最後かと思えば俺は喉のあたりが熱くなって缶コーヒーがなかなか飲めないでいたが、ワンコのほうはぺろぺろ、牛乳、あっという間。おい、味わって飲めよな。って言ってしまった。でも、唐揚げのあたりでは俺もワンコも夢中で食べた。俺、いっつも唐揚げ食べるとき、例のプツンプツンプツンを思い出すんだけど、それでいつも申し訳ないって気持ちになって、でも食い気に負けて結局食べるんだけど、この期《ご》に及んでも、プツンプツンが出てきて、少し笑った。笑えるんだ俺、とも思った。もう決めたから、余裕な。きっとちょっとの間だけ我慢すればいいんだ。たぶん。

あっけなく全部食べ終わって、出たゴミをきれいに片付けようとした。最後の始末くらいは俺だってきっちりやろうと思ってさ。

公園の端のゴミ箱に捨てに行って戻って来たら、ワンコがいなかった。慌ててあちこち探してるときに、後ろから肩を叩かれた。振り向いたら公園のおっさんが二人いた。前から何人か目にはしていたけど、関わらないようにしていた。

「おまえ良いやつだよな。あの犬に栄養付けてやったんだろ。今ごろ喜んで、彼女のところにでも行ったんじゃねぇのか」

無精《ぶしょう》ひげを大口にして笑った。人懐こい笑顔だった。もう一人のもっと年かさのおっさんが
「おまえを信用して言うんだけどな、ほんとに困ったら吉野さんのところに行け。俺に聞いたって言え」

男は田辺《たなべ》さんていった。無精ひげのほうは安藤《あんどう》さんだ。田辺さんが地図を書いた紙きれを渡してくれた。誰彼に言うんじゃないぞ。おまえが信用してもいいっていう人だけに言うんだぞ、って念を押して、俺の背中をポンと叩いてにっと笑って帰って行った。前歯が煙草のやにで汚れていた。ちょっとだけ親父を思い出

した。

一気にいろんなことが押し寄せて、俺なんだか混乱した。

犬、逃げていった。裏切りやがって。

信用するって言った、俺のこと信用するって。くそ、分けてやったんだぞ。腹減ってるのに分けてやった、俺がいいやつだって、信用するなんて言葉、とっくに忘れていた。俺はおまえがいたから安心して、そりゃ、唐揚げ、プツンプツンプツン、俺のほうが多かったかもだけど。おまえも中野か。良いやつって言った、信用って言った、こんなところで。田辺さん安藤さん、名前あるんだ。みんな同じ人に見えてた。ほんとは軽蔑してた。俺だって同じなのに、紙切れ、気にかけてくれたんだ、俺のこと。俺を一人で逝かせる気か、裏切者。プツンプツンプツン。腹減った、少し食べたら余計に腹減った。名前あるんだ。あの犬、生きるほう選んだ。そう言えば俺にだって名前ある。忘れてたよ、とっくに。名前なんて、吉野さんってだれ、どんな人なんだろう。いいな、おっさんたちの笑顔いいな。おっさんじゃねぇよ、田辺さんと安藤さんだ。俺に声かけてくれた。俺だって名前ある、俺の名前は木村保《たもつ》だ、そう言えば。

エンドレスで同じこと、頭の中を駆け回る。どうしようもなくて、またふらふらと河原に行って、護岸のコンクリートに腰かけた。そこら辺のすすきを一本引っこ抜いてかじり、また一本引っこ抜いてはかじりかじりしながら、俺はまだぼうっとしていた。

最初はな、なんだかうれしかった。やっぱりな。思ってもみなかったところで思ってもみなかった人に声かけられたんだぞ。優しいなってよ。俺みたいなのを気にかけてくれる人もいるんだってさ。こんなときにこんなところで人のやさしさ見せつけられたら、ググっとくるだろ。心がジワンとしてあったかくなるだろう。だけど時間が経つにつれて、ススキの枝がたんまりたまったころには俺、冷めてた。川風に吹かれてよくよく考えてみると、なんだ、何にも変わってないじゃん、ただ死にはぐっただけじゃん、てさ。犬に逃げられて、二人の公園のおっさんに声かけられただけ。俺の状況が別に変わったわけでないし。それどころか、もう財布には七円だけ。いよいよ七円だけだぞ。どうするよ。

といって、出鼻《でばな》くじかれて、今さら飛び込む気にもなれず、かといって生きていく気力もなし、死ぬ気力もない俺、いるだけじゃん、かかかか。

でも、ほんとは分かってたんだ、俺。

ポケットの中、紙切れ一枚、吉野さん。

おっさん、いや田辺さんのあの口ぶりでは吉野さんは女の人なんだ、きっと。

どんな人なんだろう。

田辺さんはよっぽど困ったら行けと言った。俺、いつだって困ってるんですけど、よっぽど。だけど紹介されてすぐ、へこへこ行くなんて、俺のプライドが許さないってか、プライド、この俺にプライド。

やっぱり違う。おっさんたちに会う前と会った後では、俺は違う。

好奇心、もう蜘蛛の巣が張ってホコリを被ってた人に対するってか、女の人への好奇心、あった。木村保、名前思い出したら、俺にだって親父がいて母さんがいていいときだってあったんだぞって、俺だってなけなしのプライドぐらい、まだ残ってた。

行ってみたい会ってみたい、でもな、服汚れてるし、おまけにあの犬の匂い染み付いてる。失礼だろ。

でもでもだってを繰り返して、結局俺は夜、吉野さんを訪ねた。

吉野さんの家は迷わず行けた。あの紙ずっと眺めてたんだもんな。行ってみると、玄関が開いていて、灯りでそこだけ四角く光ってる。俺それでも迷っていて、吉野さんが見つけてくれて、俺を家の中に入れてくれた。

吉野さんは、玄関のドアと同じ、あけっぴろげの人だった。十月の今でもまだ半袖のTシャツを着ている、アフロヘアの似合う太ったおばさんだった。甘酒を出してくれたんだ。ちゃぶ台の上にどんと置いて、さあ、飲め、さあ、飲めってさ。正直何を話したんだか覚えていない。でも俺が何言ってもちゃぶ台の向こうで笑ってる。それがほんとにうれしそうなんだ。この人は笑ってる、心の底から笑って、俺が来たことを、浮浪者の俺みたいなもんが来たことをほんとに喜んでくれているんだってのが分かった。こんな人いるか。信じられない信じられない。何回も繰り返しながら顔じゅう大きな口になった吉野さんを見ていた。

もう遅いから、いつだって来ていいんだよなんて言いながら、吉野さんは大きなおにぎりを作ってくれた。吉野さんの手元をのぞき込みながら飲み込んでも飲み込んでも口の中にあふれて来る涎《よだれ》を我慢するのがたいへんだった。ラップにくるんでそこらへんにあった新聞紙であっという間に包んでくれて手首に巻いた輪ゴムで止めた。

俺、手首に輪ゴムを巻いた人、ずいぶん久しぶりに見たよ。俺の田舎のばあちゃんがそうだった。骨ばった鳥の足のような腕に何本も巻いていたっけ。吉野さんの腕には輪ゴムが何本も食い込んでいる。あ。出来上がったおにぎりの包みをどんと俺の胃のあたりに押し付けてきた。食べな、元気が出るよなんてさ。俺はもらった時のまんま、両手でおにぎりを抱いて帰ったっけ。ご飯の温かみが胃に直に伝わるんだ。俺の気持ち分かるだろう。

あの河川敷までと思ったけれど、待ちきれなくて通りすがりの小さな公園に入った。

その公園には場違いの大きな銀杏《いちょう》の木があってその下で食べた。ブランコに揺られながらな。うまかったあ。塩味が利いていろんな味がして。俺、大げさでなくこのおにぎりを食べるために生まれてきたんじゃないかってさ。食べたらなくなるって思って、でも食べても食べてもまだあってさ、俺幸せだなって、幸せって一瞬一瞬のことなんだな。どんなときでも幸せって感じるときはあるんだなってさ。おにぎりの後半は涙と一緒に食べたんだ。

食べ終わって、喉が渇いて水飲み場の蛇口《じゃぐち》をひねろうと顔をうつむけたときだった。

「ノリコエテミナイカ」

確かにそう聞こえた。誰。俺はあわててきょろきょろ見回しちゃったよ。だけど、やっぱりこの公園には俺一人しかいないんだ。空耳だろうか。今日一日色んなことがありすぎて俺少しおかしくなったんだろうか。でも確かに聞こえた。女の人の低い声だった。さっきの吉野さんとも違う、今まで聞いたことのない声だ。それに、あの声。まさかと思うけど、あれ、外から聞こえてきたのとは違う。内側から、俺の心の中の声なんだ。ということはだよ、よくよく考えてみると俺の中に女の人が住んでるってことにならないか。

ひえーだよひえー。俺、吉野さんに会わなかったらこんなこと思ってもみなかった。あほかってすぐ打ち消したと思う。だけど、吉野さんのような人もいる。俺の想像の斜《なな》め上を行く人だ。だったら、いたっていいじゃん。俺の心の中にだって。そんな不思議な人。

俺ほんとはまだ何にも知らないんだ。見たことも会ったこともないような人が実際いる。

そんな人に会うだけでも面白いよな。それによ、俺の中にも想像斜め上の女がいるんなら、なおのことおもしれじゃねぇか。

俺が勝手に思うことなんだ。何の証拠もないことなんだ。でも、俺が何考えようとそれだけは自由だろ。俺は俺の中の女の人の存在を信じたい。でもって、その人と会話してみたい。できればずっとな。

俺の中のアンタが言っただろう。乗り越えてみないかって。

くそみたいな俺、くそみたいな世の中って思ってた。今だってそう思ってる。

俺はモノなんだ。モノのようにしか働けない。感情を押し殺して時間から時間。ずうっと同じことを繰り返してる。この先もずっと。どこに仕事の喜びがある。それでも食うためには働かなくちゃなんない。がっちり組み込まれた輪っかがあるんだ。それが世の中なんだ。そんなのイチ抜けだ。金稼ぎの道具になってまで生きてく価値あるってか。ただ一瞬一瞬の幸せのためだけに生きろってか。

朝、今日こそは死んでやると思ってた俺だった。それが変わった。

あの金儲けの輪っかとは別の輪っかを見つけたからだ。田辺さんや安藤さんや吉野さんのいる世界だ。ここでなら、俺生きられるかもしんない、いや、生きたい。

だって、俺見てしまったんだ。吉野さんの手首に食い込んだ輪ゴムの下の無数の傷跡、てらてらに光った筋が何本も見えた。それでも今あの人は笑っている、心の底から笑っていられる。

俺、アンタの質問にはっきりと答える。今度はちゃんと俺の声でだ。できるだけ大きい声でだ。

「おおう」

俺は水道の蛇口を思いっきり全開にしてやった。噴水のようにほとばしる水が黄金色に光る銀杏の葉っぱを揺らした。

第六話

籠《こ》もよみ籠《こ》持《も》ち

春の宵《よい》、公園沿いの桜並木を肩を寄せ合って歩く二人の女がいる。

女たちが手にぶら下げているのは、さっき出来上がったばかりのちょうどいい塩梅《あんばい》に仕上がった煮豆、水菜とシーチキンのサラダ、それとオニオングラタンスープ、もどき。タッパーに入れて風呂敷に包んで紙袋に入れたもの。

週に一度、二人が楽しみにしている食事会までには、まだ時間がありそうだ。

ゆったりと桜を眺めて暮れていく空を仰いで、そうしてアスファルトの道を踏みしめて歩く。どちらからともなく、今年も桜を眺められたと言って笑う。あと何回、この桜を眺められるのだろうかなんて心細いことは言わない。ただ目の前の桜を愛《め》でるだけ。

桜の花びらがひとひら、平芳江の頬を撫でた。手をかざして花びらを受け止めようとする里見悦子の手のひらにもひらひらと一枚。気の早い桜がもう散り始めようとしていた。

公園前のさして広くもない道を挟んで民家が軒《のき》を連ねている。明かりがぽつりぽつりと灯り始めた。そのうちの一軒にそっと足を止める。晩の支度をする音が窓越しにも聞こえる気がする。赤ちゃんの泣き声、子どもの笑い声、夕ご飯の鼻《び》腔《こう》をくすぐるいい匂いもしてきた。

芳江がしみじみとした口調で

「どうしてなんだろ、こんな光景に出くわすとなんだかほっとするよね。見ず知らずの人でも幸せに暮らしてんだろな。良かったなって」

「分かる分かる。若いころはむしろ悔しいってか、妬《ねた》んでみたり。自分だけなんでこんなになんて思ってさ」

「変われば変わるもんだ、人の気持ち」

「まあ、年を取ったってことだよ、優しくなった。人にも自分にもさ」

そういうことだった。それだけの時間が必要だった。

「長く生きてみるというのも大事なことだよね。若いころは分からなかった。自分だけ苦しんでいるような気がして、袋小路のどん詰まりでジタバタもがいているだけじゃないかってさ、だけど振り返ったら分かるんだ、あのときこのときの点々を結び付けたらそこに一本線ができるというか、アンタがよく言う一貫性ってやつ、私にもあったんだって。あれがあるから今の私があるっていう感覚。それを確かめるための時間が必要だった」

芳江が一気にまくし立て、悦子はうんうんとうなずく。うなずくが今、一貫性という言葉は悦子には少々耳が痛い。

「誰にでもあるんだ。その人の一貫性が……地道に汗と涙と時間をかけて分かるから、生きていくのは面白い」

「あぁ、はいはい。はぁいってば。まぁね、そういうことかもしれない」

思ったことを言葉に出してみる。それを受け取って言葉で返してくれる友達がいてくれることがうれしい。また歩き始めた。

「私ね、子どものころ、夜、外歩きするの好きだったな。辺りの様子が昼とは全然違って見えた」

今度は悦子が唐突に言った。

「雪どけの後の湿った土の匂い、田植えの後の水を張った田んぼからぐわんぐわんって蛙《かえる》が鳴いてさ。稲刈《いねか》り前の田んぼもいい匂いがしたな。そんなところを歩いていくの。懐中電灯で照らしながら、近所のテレビのある家に見せてもらいに」

「うんうん。電話だって黒電話で、うちの親なんか近所の家に借りに行ってた」

はるか遠くに過ぎ去った過去は現在とすぐそこ、地続きにある。遠ければ遠いほど懐かしくていとおしくて、望めばすぐにたぐり寄せられた。

「時間経ったんだよねぇ。あっという間に。変わってしまった」

「これからますます……変わっていくんだ」

互いに言いたいことは分かっていた。

「思えば恐ろしいほどの変化の時代をあたしたちは生きているんだ」

「どうなっていくのかねぇ、これから」

住宅街の一角の桜並木の公園の下で二人は顔を見合わせる。不穏《ふおん》なものが世の中にただよっている気がして仕方ない。


保が「萬葉《よろずば》の園《その》」を出たのは午後八時をまわっていた。

仕事から解放されて、夜風に吹かれながら歩くのはこんなに気持ちよかったっけ、と思いながら保は歩いている。

体はめちゃめちゃ疲れている。でも今日一日やり遂げたというような何とも言えない気持ち良さは確かにあった。

保はつい三週間ほど前から、萬葉通り商店街の近くの介護施設で働き始めた。

勉強ははじめたが、もちろんまだ無資格だ。それでも慢性的な人手不足から、資格がなくても即戦力として働くことを要求される。

(たいへんなんだぜ、ほんとに)

あの日以来、頭の中の例の彼女に努《つと》めて話しかけるようにしている。残念ながら返事が返ってくることはまずないけれど、一方的にでも話す相手がいるっていうのはありがたい。

(この仕事はさ)

どうしたって話しかけずにおれない。

(俺、先輩スタッフの後を追いかけて、見よう見まねで配膳から食事の世話、入所者さんの状態によってはひとさじひとさじ食べさせ、ごっくんしたのを見計ってまたひとさじ、ご飯を口元に運んであげる。入浴の際の着替え、転倒防止のための見守り、必要によっては背中を流して頭を洗ってあげることもある。なんといっても難所は排せつの介助、おむつの交換だ。こんなこと俺にほんとにできるんだろうかと最初は思った。だけど、誰かがやってあげなければ実際、この人困るんだろうし、必要なことなんだ、これは仕事なんだと思ってから少しは前向きになれたかな、まだまだだけど。正直、やることはいっぱいある。熱を測って体調をチェックして、まだ実際はやっていないけどレクリエーションで歌を歌ったり、簡単な体操を入所者さんの前でやってみせたりしなくちゃなんない、口下手なこの俺が。そうかと思えば歩行の付き添い、歩行器を使ってたどたどしく歩く人を見守って、話しかけてみたり、この俺が。おまけに一日の終わりに一人一人の様子を書いて次のスタッフに申し送りする作業もあるんだ。正直、目が回るほど忙しい。忙しいのに、当たり前だけど目の前の入所者さんは、のんびりゆっくりあ〜んなんて口開けるんだ。まだるっこしくて、せわしない仕事だよ、この仕事はよう)

ずっと続けられるのかまだ自信がなかった。だけど世話になった人を裏切れない。そんな気持ちが今の保を支えている。

あの日生き延びるんだと決めてから、迷いに迷って母親に手紙を書いた。初めてのことだった。何にも理由は聞かないで、金を貸してくださいとそれだけ。またガミガミ言われることを覚悟していたが、母はすんなりお金を出してくれた。それを元手に部屋を借りて身なりを決めて、ハローワークに行った。けれど、玄関に立つとどうしても中に入れない。あそこで仕事を探す気にはなれなかった。また同じことが始まる。足がすくんで嫌気がさして後戻りしてしまった。そんなことを吉野さんにぽつらぽつら話したら、たまたまそこに居合わせたいつも野菜を持ってきてくれる吉野さんの古い知り合い、山田《やまだ》さんに、それならおまえ、俺の知っているとこで介護の仕事やってみないかと誘われた。山田さんはそこに野菜を卸《おろ》している人らしい。そんなこんなで次の日には一緒に行ってくれ、何か自然な流れで働くことになった。

保は今、吉野さんはもちろんだけど、たまたま、ほんのちょっとした偶然で出会う人との関わりが自分にとって何よりも大事だと思うようになっている。目に見えないけれど、人と人を繋ぐ細い糸、それが何重にも関わりあって、自分を救ってくれたような気がするのだ。ふらふらとこの町に流れ着いたとき、まったく何もなかった。ワンコ一匹が救いだったときもある。それが少しずつ知っている人が増えてきた。今、この土地と自分を繋ぐ人との関わりが何よりもうれしい。どんなに疲れていても、保の足取りは軽い。もうあてどなく、ふらついていた日には戻らないと心に決めている。

もうみんなそろっているかな、そう思って田口理恵は自転車のペダルを漕いでいる。

午前中は芳江の伝手《つて》で入ったスーパーのレジ打ち、さっきまではコンビニで働いていた。仕事があるだけまだ増しか。掛け持ちで働いても相変わらずギリギリの暮らしだ。それでも以前ほど落ち込んでいないのは、もう自分を責めなくなったから。

母のような年代の三人と出会って、なんということのない話をしてお茶を飲んでごはんを食べて笑って、こういうのもありなんだなぁ、と思った。

ずっと人より優《すぐ》れていると思って生きてきたのだ。だけど現実はこんな状態だ。みじめで情けなくて自分が憐《あわ》れで、こんな自分を人目に触れさせるのだけはそれだけは嫌だと思って、人を拒んで生きてきた。それが吉野さんに会った。芳江さんだの悦子さんだのと話すようにもなった。あの人たちは自然体だ。誰かと較《くら》べるようなこともない。ただそのままに生きている。あの人たちは、自分の孤独をさらけ出せる人だった。孤独だから人を求める人だった。自分への執着から人を拒んで生きてきた理恵にしてみれば、思ってもみなかった生き方だった。打ちのめされた。吉野さんたちが魅力的に思えた。言葉に語弊《ごへい》がなければ、かわいい。面白い。人に優劣なんかなかったのだ。

あれから一年半か、早いな。

三人の顔を思い浮かべて、笑みがこぼれた。……それにあの男……。

それにしても、あの三人の人間関係って面白い。

働いていない悦子さんを家に住まわせ養っているのは芳江さんだ。吉野さんはおおらかで優しい人だけど、うちにぞっとするほど寂しいものを抱えている、だから、あんなに人に優しくなれるのかもしれない。だんだんそういうことも分かってきた。大らかに見えて繊細な吉野さんとどこか茫洋《ぼうよう》として憎めない悦子さんを支えているのは案外芳江さんかもしれない。律儀《りちぎ》で利《き》かん気《き》な芳江さんはいつだってまとめ役だ。互いに支えあって、卑屈になったり従属したりということもない。悪口を言って思いっきりけなしあって、むしろそれも楽しそうだ。強い人たちだと思う。

「どうしたら、そうなれますか」

小学生のような質問を窓越しの悦子さんにぶつけたことがある。そしたら、

「ご飯を食べてまた食べてたっぷりと寝て、たまにポロンとうれし涙の一つもこぼして、歯ぎしりするほどの悔しさも味わって、それをこねて丸めてまた食べる。そうすりゃアンタもいい塩梅のばばぁになれる。ばばぁになれば強くなる」

笑った。だから、未来の自分に大した期待もしない代わりに、そう心配もしていない。人の上に立ちたいだの、豊かな生活がしたいだのそんなのはもうとっくに絵空事《えそらごと》。きれいさっぱり捨てた。

ただ、自分で自分を育て上げるというのは変わらない。あの人たちの中であの人たちといっしょに育てるのだ。

理恵は懸命にペダルを漕ぐ。吉野さんのアパートはもうすぐだ。またみんなに会える。


吉野の家は変わらず光がこぼれている。

一番遅くに着いた理恵が息を切らしながらあわただしく駆け込んで来た。

「ただいま」

理恵の声が弾む。いつのころからか、ごめんくださいは、ただいまに変わっていた。

「待ってたよ。さぁ入って、入って」

芳江が玄関に出てきた。奥のほうから、先に食べてたよ、なんて言う悦子の声もする。

片倉吉野のちゃぶ台はいつもながら手作りの料理が並んでにぎやかだった。

今日初めて見る顔もいてそこを、入れて入れて、と大げさに両手で押しのけながら理恵も間に割り込んだ。

丸のちゃぶ台とは便利なものだ。詰めればけっこう何人でも座れる。誰が主役ということもない。席に着けば、すぐに皿が渡され箸が届き、いつも通りの〈家族〉の団らん風景なのだが、このところ少し様子が違った。

テレビが付けっ放しになっている。

あの日以来、ちゃぶ台の主役は出窓の隅の埃をかぶったテレビなのかもしれなかった。

吉野が突拍子もなく、テレビを指さした。

「もう見でいられねでば、あれ」

厚い防寒着を着た小さな男の子がたった一人、泣き叫びながら雪道を歩いてくる。あふれる涙が頬を濡らしていた。このところ何度も映し出された光景だった。

「立派な建物も橋も病院も爆弾でぶっ壊されるのを見だ。あれもひでども、おらが一番心に突き刺さるのはあのおどごわらしの涙だ」

吉野の言葉に被せるようにして、芳江がひどいって言ってるの。男の子の涙っていうことだよと、イチイチ解説する。

吉野は今、東北弁を隠そうともしなかった。故郷の辛い記憶を呼び覚ます言葉をずっと封印してきた。芳江や悦子が端端に見せる東北の訛りが故郷の言葉を呼び起こしたのかもしれない。一度使うと堰《せき》を切ったように懐かしい言葉があふれ出た。この言葉が好きだと思った。あったかいと思った。東北弁で話せば、やっと故郷と折り合いがついたような気もした。

「あのわらしこは親にはぐれだんだべが、死なれでしまったべが。これがら何如《なんじょ》になるのだべ」

あの子は親にはぐれたのだろうか、それとも死なれてしまったのか、あの子はこれからどうなるんだろう。芳江の声も切ない。吉野にとってみれば、あの男の子の孤独も絶望も我が身を振り返れば嫌というほど覚えがある。

「むじょやな……むじょやな」

「分がるが分がるが、無情やな、無情やな、って言ってんだよ。かわいそうってことだ」

つられて芳江も半分東北弁になっている。芳江は、自分は口寄《くちよ》せするイタコのようだと、内心笑った。でも吉野の気持ちも分かる気がするのだ。この降って湧いたような暴力の誇示には、むしろこんな古い格調のある言葉で対抗するしか術《すべ》がないような気がする。

「見ではいられねども、見んねばわがね。あのわらしの辛さ悲しさを肌身にこすりつけねば、あのわらしにおもさげねんだ」

「見ちゃいられないけど、見なければいけない。あの子どもの痛みをしっかり我が身にたたきつけなければ、あの子どもに申し訳ない、ってさ。んだよね、うん」

ちゃぶ台を囲む面々が、腑《ふ》に落ちたように、かわるがわるうなずく。

「あの子どもはいづがのおらだぢの姿だ。親の代がもしらね爺さん婆さんの代がもしらねそのずっと前だがもしらね。でぇじなのはあのこどもをつぐったほうにもつぐられたほうにもいだったたずごどだ」

と今度は悦子。

芳江も悦子も吉野につられて、東北弁になっている。

古いアパートの一室は今、東北弁が充満している。東北弁カオス。

非東北人たちは分かったような分からないような、

「はぁ」

「つまりあれですか、被害者のときも加害者のときもあったと、それを忘れるなということですか」

「んだ」

「なしてこんなことできんだべ、人が人をさ」

味噌とマヨネーズのソースがたっぷり載った大根スティックを振り回して芳江が怒れば、今度は悦子が口寄せする。

「どうしてこんなことができるんだろうか、人が人をって言ってんの」

「許せね。おらは絶対に許せね」

吉野が息巻く。ふだん、政治的な話が話題になることはほとんどなかった。避けていたつもりはないが、どうしてだろう。政治向きの話をするのにためらうところがあった。だが戦争だけは、せめて戦争だけは黙ってちゃいられない。ウクライナの惨状を見て悦子も芳江も他人事《ひとごと》とは思えない。黙っていてはいけない気がした。

戦争がちゃぶ台の上にも押し寄せてきた。

「悪いのはロシアだ。被害を受けるのはいつだって小さい国なんだでば」

「民主主義ってのはさ、多数決だのなんだの言うども、おらが思うにさ、一番大《で》《え》事《じ》なことは自分が大事ってことなんだ。自分が大事だから、人も大事ってことなんだ。自分も人もみんな大事な存在なんだずごとをあの男は分がっていね。自分ばり偉《えれ》ど思ってる。偉《えれ》自分にみんなペコペコ従うべきだと思ってる。自分は王様、人は虫けらなんだ。そうまでして人を支配してんだべが」

吉野は熱している。

「みんなでさ、世界中の国がウクライナを支援してる。それだけは救いだでば」

「でも、あの、俺、うまく言えないんですけど」

氾濫する東北弁に今まで黙っていた保がうつむいたままおずおずと言い出した。

「アメリカが正義だけでもない気がするんです。善対悪、の対決だけで見ちゃいけないような」

「どっちもどっちだってが」

今や、吉野はケンカ腰だ。

「違います。仕掛けたほうが間違っているのは確かです。でも支援するこっち側が正しいとだけ言いきれない」

「やっぱり、金儲けなんです。金儲けが絡んでいると思います」

どうしたって金儲けの輪っかがここでもまた気付かれないように背後から操っていると保は思ってしまう。

「私もそう思います。あの、危険だと思います」

理恵が静かに言った。うつむいていた保ははっとして理恵を見た。

メガネの角度を直しながら理恵はひと言ひと言言葉を選ぶ。

「軍需産業はこの戦争で儲けている。そういうのは隠してウクライナの人はかわいそうかわいそうって、正義を振りかざして兵器を大量に送る。どこか胡散臭《うさんくさ》いものを感じるんです」

「んだども、今、兵器を送ってやらねがったら、どうなるべ」

保も理恵もうまく答えられない。みんな押し黙ってしまった。しばらくして悦子が、

「確かにさ、今回、おらも見てびっくりしたんだども、あんなに次から次に送るほど兵器って作られでいだんだ。ミサイルだのなんだの。人殺しの道具をさ。それを作って売る商売があるづごどが驚きなんだども。作られだ核兵器が何千発もあるづごども信じられね。あれだば、いつだって敵が必要でねが」

「そんなもの、最初からねばいいんだ」と芳江。

「はぁ、こうなる前になんとがならねがったもんだべがぁ」

吉野はため息交じりだ。

「あんた、やっぱり若いねぇ、良い音立ててるじゃない」

芳江が隣に座っている新顔の若い男を肘《ひじ》で突っついた。たくあんをかじりながら三杯めのご飯をかきこむ谷口《たにぐち》はむせながら

「はあ」

皆が笑った。笑ううちに今日初めてやって来た田川《たがわ》という男が
「こうなってしまうと、揺さぶられますよね、弱いほうに何とか加担《かたん》してしまいたくなる」

「わがねよ、それは絶対わがね。巻き込まれてはだめだでば」

即座に悦子が返した。理恵も続いた。

「一番危険なのは、戦争に前のめりになることだと思います」

こういうとき理恵はいつだって冷静だ。

「んだよ。おらが言いてごどはそごなんだ。おら家《い》の親父な、戦争で苦労したんだでば。南方さ送られで、千百人の部隊で帰って来れだのは百人足らずだったたってさ。鉄砲でやられたんでね、ほとんどが餓死だったたど。ネズミがごっつおうだったたてさ。んだから戦争が終わって新しくできた憲法が泣ぐぐれうれしって言ってだもんだ。絶対戦争なんかしたらばわがねんだ」

悦子の言葉が熱い。

「その憲法九条が危ないんです」

憤りを持って理恵が言った。

「なしてだべ、戦争したがる人がいる」

吉野は心底訝《いぶか》しい。

「金、でしょうね。なんだかんだ言って、金儲けしたいんですよ、経済を回したい。あと、戦争で目をそっちのほうに向けて失政を隠したい。いろいろあるんですよ」

今までずっと聞き役だった男が初めて口を開いた。山下《やました》という五十がらみの男だった。

「せっかくの九条が反故《ほご》にされだら、アメリカが戦争するどぎは、一緒に付いでって戦争しねばわがねぐなる。敵の基地を攻撃したりだど。核を共有したりだど。あっ、すぐに戦争の当事者になってしまう」

悦子の震え声に
「まさがだべ」

重い沈黙が流れて、

「俺、戦えるかなぁ」

ぼそっと谷口が言った。この気弱な男の背中を芳江がバシッと叩いて
「大丈夫だ、そんなことさせないよ。させちゃいけないんだよ。戦うのはね、よその国が攻めて来てどうしても戦わなくちゃいけないときだけ、戦うんだ。そのときはこのおばちゃんだって戦うよ」

「そうならないように祈るだけ、だけどね」

さっきの山下という男がぼそっと言った。

「どにがぐ、ぜんぞうはいげないどいうごどですだば」

「ちょっとお、東北弁だからって、何でもかんでも濁ればいいってもんじゃないよう」

芳江が笑って、みんなが笑った。

にわか東北人も純正東北人もいっしょに笑って一つになった。

四月半ば、芳江の家に段ボール箱が三箱送られてきた。中身は例のマスクだという。

「なにこれ、どうしようっての」

飽きれる悦子を尻目にさっさと開封して

「さあ、これから忙しくなるぞぉ。ほぐして洗って乾かしてアイロンかけて一枚に繋ぎ合わせるんだ」

「ただでさえ忙しいのに、何、作ろうっていうの」

「分かんない。やってるうちに決める。大枚かけて作ったものを燃やしてしまうなんてもったいない。そっちは早く無くなってなかったことにしたいんだろうけど、そうはいかない。ちゃんと取っといてなんかに役立てる。例のあれだよって。庶民の意地だ。台ふきんだっていいんだ。必ず何かに使う」

縁側に持っていって早速広げた。芳江さんにはかなわないや、ぶつぶつ言いながら悦子も一箱持ち上げあとを追った。芳江はもう裁縫箱を広げている。

「しょうがない。居候《いそうろう》の弱み。私も手伝うか」

座布団を二枚持ってきて、芳江に一枚、自分にも一枚拡げて座った。

外は暑くもなし寒くもなし、日差しが柔らかくて気持ちがいい。

悦子はマスクを手に取っただけ。柱に寄りかかりながら、マスクの縫い目と格闘している芳江を眺めている。

「ほんとはね、気持ちが落ち着くから。なんでだろ、このごろ動作は鈍くなっているのに、気だけは急《せ》くんだよね。手仕事はちょうどいいの」

手を休めないまま、芳江はそう言う。

「大したもんだよね、アンタは丁寧に生きてきたんだ」

「そんなことないよ、若いころは手のかかる舅姑がいたから、何もかも癪《しゃく》に障《さわ》って、庭の雑草なんか、くそ、くそ、こん畜生《ちくしょう》、って引っこ抜いてた。誰だってそれなりに丁寧になるんじゃないの、年取ったら。……今だったら、私、雑草にありがとうしてる。毎日すくすく伸びてくれるおかげで、暇なしに草取りができますって。何かしらやることがあるって幸せなことだよ」

マスクの縫い目を矯《た》めつ眇《すが》めつしながら
「あんたは若いころどうだった」

「私はね、若いころは……貞ちゃんがいた。その日暮らし。明日のことなんて何も考えない、今日一日良ければそれでいいって思ってた。貞ちゃんが死んだら、もう何もなくなった気がして。縋《すが》ったんだよね、芝居をするっていう遠い夢にさ」

ウソ、ほんとはそんなんじゃない。貞ちゃんが生きていたときも死んでしまってからもずっと人前で演じてみたいという欲に取りつかれている。虫なんだ。振り払っても振り払ってもへばりつく虫。この虫のせいでいつだって自分で自分を許せない。ここを出なければ。もう一度ひとり路上に立つんだ。貫き通すんだ。そう思ってもやっと手に入れたこの安穏《あんのん》な暮らしも手放せない。ずるいやつ、芳江との笑顔の暮らしの中で頭をもたげる内心の声に耳をふさぎたくなる悦子なのだ。

「縋るものがあるだけ、良かったじゃない」

芳江が歌うように言った、相変わらず目は上げない。

「うん、うまくいったとか、いかなかったとか、どうだっていいよね。途中途中で見える景色がすべてなんだ。でももういいんだ。あきらめたよ」

あきらめきれない、どうしても。いったい自分は何にこだわっているんだろうと悦子は思う。人前で演じるというよりも、むしろ貞ちゃんのいる世界に向けて演じていたい。それが自分に課せられた遠くからの約束のような気がする。苦しければ苦しいほど、辛ければ辛いほど約束に誠実な気がした。

「そう言えば、吉野さんが言ってたよね。ないものねだりの人生だったって。簡単に手に入りそうで入らなかったものを追っかけてきたって。こうなりゃ最後まで追っかけるんだって。幸せだったかと聞かれればそうでもなかったし、じゃあ、不幸せだったかと聞かれれば首を傾げる。結局死ぬまで分からないんじゃないかってさ。私は人の喜ぶ顔が好きだから、死ぬときは神様と合体して、神様を喜ばせてやる。そのときが私は一番幸せなんだ、きっと、なんてさ。吉野さんだよね」

「吉野さんだね」

うんうんうなずきながら悦子も応じる。

「保も理恵ちゃんも目を丸くして聞いてたけど、分かるよね。この年になればさ。走って走ってへこへこになって、バタンとなったら、あとは引き止められたくないってかさ。やっと休めるなんて、思うもん。ちったあ、余力を残してあっちへ行きたいと思うじゃんかええ」

途中から芝居がかっていて、芳江を笑わせた。

「まったく、吉野さんも吉野さんなら、アンタもアンタだよ」

そのときだけ手を止めて悦子を見た。満面の笑み。芳江さんだってやっぱり芳江さんだ。この人と離れたくない。

立って縁側のガラス戸を開け放した。

庭先に隣家の猫がいて、長く伸びたまま横になっている。悦子もゆっくり伸びをして、それから小さく肩を回した。振り返れば相変わらず芳江は手作業に暇《いとま》ない。

また猫を目で追いながら、かねて用意していた質問を投げ掛けてみた。

「ねぇ。芳江さん、神様って、いると思う」

「どうかな。いてほしいような気がするけど。でも、何の意味もない戦争に駆り出されて、戦車に乗ってあっという間に殺されるロシアの兵隊だの、生まれて三か月で爆撃で死んだ赤ちゃんの話を聞けば、なぜこんな理不尽を赦すのか、神様を疑うよね」

芳江は相変わらず目を伏せたまま、言葉を選び選びしながら答える。神様がいるとしたら、何故こんな理不尽を赦すのか、この問いは芳江にとっても以前から考え続けていた問いだった。

「私は、ママのおっぱいを吸って幸せなときがこの赤ちゃんにもあったんだって。短い人生でも、もぎ取られたような人生でも必ず満ち足りたときがあったって。勝手なようだけど、生きている側の勝手な思い込みのようだけど、そこで完結した人生なんだって思う。そう思わなければ苦しくてやりきれない」

「うん。そうかな」

どんなに理不尽に見える死でも死の前で完結しているのだ、という悦子の苦しまぎれの言葉を、肯定も否定もせず芳江は受けとめた。

「ねえ、芳江さん。私は神様はもう忘れていいんだと思う。少なくともご大層でご立派なすべてを司《つかさど》る神様なんかいない。せいぜい等身大のしけたみすぼらしい神様が我々の内部にあり、って思うんだ。内なる神様を追っかけて、人ってものは生きていく」

「神様を宿しているからには、我々一人一人が神様だとも言える」

「ほうほう」

何と畏れ多いことか。でも芳江は納得するのだ。心の内側の爺さんの片目。あの目が私の内なる神様なのかもしれない……

「あえて言えば、どんな悪いやつにだって神様はいる。善を際立たせるための悪の神様」

「へぇ、じゃあロシアのあいつは損な役割を引き受けてしまったってこと。それにしても犠牲が大きすぎます」

ここまで来れば芳江にはどうにも釈然《しゃくぜん》としない。ガラス戸に手をかけて突っ立ったまま外を眺めている悦子に
「そんな遠くの人より、あんたの内なる神様はなんて言ってんの」

「大家さんにおすがりして、のんびり生きるがよろし」

「なに勝手なこと言ってんだか。ほら、あんたも手を動かしなさいよ」

笑いながら、座布団に座り直して悦子は初めて鋏《はさみ》を手に取った。

「して、芳江さんの内なる神様は」

「知らん。死ぬまで張り切って生きなさい、かな」

「張り切りますか」

「張り切ります、それしかない。私は張り切って戦って死にまする。戦うっていいよね。何も刀持って槍《やり》持ってというわけじゃないよ。戦うって言葉の気魄《きはく》が好きなんだ」

戦う、か、この私が戦うってか、芳江は自分の発した言葉に驚いてもいる。だけど、付け焼刃《やきば》なんかじゃない。多分長いこと眠っていた私の心の底に潜んでた

思いなんだ。今頃になってやっと浮上した。こんな日が来るなんて思わなかった。この先の未来に何の希望も持てなかった。内側の探索だけが心の拠《よ》り所《どころ》だった。覗き見た心の奥底はエネルギッシュに躍動する世界だった。そして爺さんのあの目。あの目が私を見ている。私はもっと自信を持っていいんだ。思い通りにやっていいんだ。……私は動きたかったのだ。人と関わりたかった。ずっと孤独に生きて来て、あの日、悦子さんの腕を引っ張ったときから少しずつ変わり始めた。今、友達がいる。仲間ができた。まだ終わりじゃないんだ、これからなんだ。

「私は今が一番いいときなのかもしれない。ずっと台所を這いずって生きてきたんだ。こんなくそつまんない生活、自分で自分を褒めなきゃ誰が褒めてくれるんだって。私は自分だけ応援団だった。それがあんたに会って、理恵ちゃんに会って、理恵ちゃんに引っ張って行かれて、吉野さんに会って、吉野さんのちゃぶ台仲間とも知り合って。こうやってみると、私だけじゃなかった。みんな大変なところを生きているんだ。そう思ったらさ、泣けてくるんだよね。私はみんな応援団に変わったって思う。みんなと一緒に生きてくんだ。やっとこう一本、線が繫がったっていうかさ、うん」

「さすが、戦う庶民の方は違います」

言葉では茶化《ちゃか》しながら、悦子の目はまっすぐ芳江を見ている。一転して
「あ、ちゃぶ台仲間で思い出したんだけど、来てるんだよね」

「何のこと」

「保がさ、理恵ちゃんのところに。私の部屋のベランダからよく見えるんだよね、理恵ちゃんとこがさ」

のんびりと悦子が言う。伏し目がちだった芳江の目が大きく動いた。

「へぇ。あ、これ、ひょっとしてひょっとしたりして」

「どうかな、どう見たってあれは先生と生徒のようにしか見えないよ」

なおものんびり言う悦子。でもあきらかに芳江の変化を見て笑っている。芳江はもうマスクも鋏も放り出して
「分かんないよ。ねぇねぇ、どんな話してるの、聞こえないの」

「戦う庶民の方は下世話な話もお好きなんですか」

「この」

芳江が袋に入ったままのマスクをポンと投げた。悦子のおでこに当たった。

二人して笑った。


夏になった。

部屋の窓を開け放しても蒸し暑い風しか入ってこない。風鈴がチロチロと申し訳なさそうに揺れている。

「やっぱり元凶は競争だと思うんです」

「はあ」

小さなテーブルの向かい合わせに理恵と保が正座していた。扇風機が首を振りながら律儀な二人に交互に風を送っている。

「私たちは小学校入学以来ずっと競争を強《し》いられているんです。十人でかけっこをして勝てたと思うのは三番目ぐらいまででしょうか。競争はいつだって一握りの勝者と大多数の敗者を生むんです」

この憎たらしいほど冷静で客観的な言い方、これが理恵さんなのだと保は思う。頭がいいんだろうな。羨ましかった。

理恵は自分の声がいつも尖っているのを知っている。ちゃんと話そうと思えば思うほどそうなる。どうしてあの三人のように包み込むような優しい声で話せないのか、内心では戸惑いながら、変えられない。外でカタンと音がしたようだが、確かめるほどのゆとりもなかった。

「成績が悪ければ、要《い》らぬ劣等感を生む、自分が劣って駄目な奴、自分なんかいてもいなくても同じ、要らない人間なんだ、余計者なんだと思い込み自分を誇れない、自分嫌いを生むんです」

「あ、それ俺です」

この人、俺のことを言い当てている。理恵の言うことはたいてい本当のことだった。保は耳を傾ける。

「成績が良ければ優越感、自分は特別なんだと思い込む。人を蔑《さげす》む。もちろんあからさまにそんなこと言わない。でも心の中にそんな黒い感情が潜んでしまうのは確かです。人を見下《みくだ》し、常に自分が上でなければ気が済まない」

息をのんで
「それが私でした」

打ち明けるように理恵は一息に言い切った。

「……へぇ、どっちにしてもいいことなかったんですね。俺知らなかった。頭のいいやつは得だなとばかり思ってました」

「私たちは常に人と較べた自分を思い知らされます。較べることって、必要でしょうか。人と較べて伸びる力なんて本当の力じゃない。その人個人の伸びる力を信じればいい、そう思いませんか」

答える代わりに顎《あご》をがくがくさせながらうなずいた。

「私たちは自分を知る前に、人と較べた自分を意識させられる。人と較べるのが当たり前になってしまう」

「上か下かで物を見る。人は競争相手だとしか思えなくなる」

そうやって生きて来てしまった。

「そもそも、私たちに競争が必要だったんでしょうか。人の本性だったんでしょうか。人はもともと、人と仲良くしたい。人を喜ばせ、自分も喜びたいという感情があるのではないでしょうか」

「でも、競争がその、いろんな進歩を生み出したんではないですか」

「その利点を加味して考えても、人の心に優劣の感情を注《そそ》ぐ、弊害《へいがい》のほうがずっと大きいと私は思います」

理恵はメガネの角度をちょっと直した。

「弊害があるのに、弊害のほうがずっと大きいのに、なぜ子供のころから人を競争に駆り立てるのか、ずっと知りたかった。それで考えてみました」

理恵はカバンから分厚いノートを取り出して広げた。広げたけれど、見るわけではない。手元にあれば、安心なのだ。ノートの表面を手でさすりながら、何とかして目の前の男に分かったことを伝えたいと思っている。あわよくば……。無理だとしてもせめてちょっとは感心してもらいたい。またメガネにちょっと手を伸ばした。

保はさっきから足がしびれている。でも言い出せない雰囲気だ。

「私はむしろ、世の中の仕組みが競争で成り立っているということを骨の髄《ずい》まで叩き込むために、子どものときから競争を強いるのではないかと、今は思っています」

「人をせかして駆り立てる。早く早くと急き立てる。できるだけ早く目的地に着いたものだけが褒められるそういう世の中なんですよ、と思い知らせるためです」

確かに。もう思い出したくもない過去の自分が瞬時に頭に浮かんだ。住宅販売会社のころ、倉庫のピッキング。期間工のころ、確かにそうだった。

「あの、膝崩していいでしょうか」

「どうぞ」

「はい」

「人を最初からあきらめさせるのが、目的と言ってもいいのかもしれません」

「どういうことでしょうか」

「人を競争に駆り立てれば、どうなるか、さっきも言ったように一握りの勝者と大多数の敗者を生みます。負けたほうは惨《みじ》めです。自分の存在価値を否定されたようなものです。自分嫌いを量産します。惨めな自分を守るためには人と関わらない、閉じこもったほうが誰にも較べられないですから。こうして人を孤立させ分断させます」

また一瞬、河川敷でふらふらしている頃の自分が見えた。全部見覚えがある、この俺が肌で体験したことだと保は思った。

「ねえ、木村君。私のような非正規労働者は何故生まれたと思う？　何故、今これほど多くの非正規で働く労働者がいるんだと思う？」

「最初私は、よりお金を儲けたいがためにはじき出されてしまった存在が、私たちなんだと思ってました。金儲けのために結果的に生み出されたた」

「でも違った。非正規労働者を、わざと、作っている」

やるせなさが理恵の顔ににじんだ。

「今の世界を主導したひとり、イギリスの首相だったサッチャーという人は、『社会なんて存在しない、あるのは個人とせいぜい家族だ』と言ってます」

「人と人が手を繋ぎ喜び合う社会なんて要らない。せいぜい家族なら許してやろう、という意味でしょうね。都合がいいんだと思います。人を孤立して分断させたほうが都合がいい。手を組んで抵抗されるのが一番怖いんでしょうから」

「一握りの特別な存在と、その他大勢の自己肯定感の乏《とぼ》しい物言わぬ孤立した人間を作るのが目的です。だから、私のような非正規の労働者をあえて作っている。だから貧しくても苦しんでても、ほっとかれる」

理恵の目に浮かんだかすかな涙を見て、目をそらそうとしたが、むしろ見てしまった。勝気《かちき》なこの人がときたま見せる弱さにはやっぱりちょっと来るものがある。

「競争も競争の結果弾き飛ばされた私のような非正規労働者の存在もちゃんと意図がある。金のことでしょ、経済のことと思うじゃないですか。でも違うんです。ほんとはそんなことはどうでもいい。目的は人の生き方を変えることです。孤立してバラバラの自信のない、自己肯定感の乏しい人間を作るのが目的なんです」

政治は人の幸せを願って行われていると思っていたが、むしろ人をどう操るのかを問題にしているのかもしれない。理恵の心が泡立つ。

「これからますます私みたいな人間が増えるのかもしれません」

「人ひとりは弱いです。もともと非力な人間がトラやライオンに立ち向かうためには仲間と一緒に力を合わせなければならなかった。人間って仲間を必要とする存在なんです。仲間と喜びも苦しみも分かち合える存在です。それが何よりの人間性なのかもしれません。でも、今、バラバラにしてできるだけ力を削《そ》ぐようにしているとしか思えない」

理恵の、ノートを握る手に、力がこもった。今、孤立して小さくなって生きるのだとしたら、向こうの思う壺じゃないか。苦しくてもみじめでも、外に出て人と手を繋がなければならない。だから、私の今は正しい。

「私たちの今住んでいる社会は、人の尊厳を踏みにじろうとする社会です。そんなところに今私たちはいる」

「いつだったか、吉野さんが言ったでしょう。自分は王様、人は虫けら。プーチンは民主主義の破壊者だって。私に言わせれば、暴力で人を外側から壊すのは古典的な民主主義の破壊です。でも私たちの世界は違う。人の心を内側から壊す。新手《あらて》のもっとずるがしこくて質《たち》の悪い、民主主義の破壊です」

ウクライナで人が流す血は眼に見える。だから立ち上がるし、抵抗もするんだ。だけど、非正規労働者が心に流す血は眼に見えない。見えないから見ない振りもできる。ひょっとしたら流した本人さえ気付かないし立ち上がらない。自分を責めるだけ。だって自己責任だもの。巧妙だし、むごい。どっちが悪いと言ったら、やっぱりどっちも悪い。こんな世の中にして。だけど。

「だけど、ならどんな社会がいいのか、競争のない社会って具体的にどんな社会なのか、私には見当がつかないんです。競争に、私も飼い馴らされてしまったのかな」

知ってる。それ。俺にだって、田口さんに教えてやれることあるんだ、保は張り切って身を乗り出した。

「あ、それなら俺、分かります。俺の仕事には競争なんて全く関係ありません。仕事はきついです。期間工のほうがこりゃよっぽど楽だわ、って思うときもあります。でも人間相手の仕事です。手ごたえがあります。ありがとうって言われたら、それだけでうれしくなります」

「この間も認知症のばあちゃんが俺の手を握って離さない。俺のこと、孫かなんかと勘違いしてるのかな、と思ったら違うんです。ばあちゃんは俺のこと、恋人だと思ってる。いくつになっても、認知症になっても人が好きっていう感情はちゃんとある。俺、そんなときは、手を握り返して背中を擦《さす》ってあげることにしています。今は忙しいからまたあとで来ますよって。そのときのうれしそうな顔がいいです」

かさついた、でもやわらかな手の感触を思い出す。ぬくもりを探すように手の甲を撫でた。

「俺このごろ、やっと分かったんです。俺の仕事は、爺さん婆さんが最後の五年十年を最後までその人らしく生きていくのを手伝うことなんだなって。大丈夫ですよって、安心してってって、あなたが大事ですよって、伝える仕事です。俺の仕事も大事な仕事です」

「初めのころは、片隅の仕方のない仕事だと思ってやってたんです。年を取ってどうにもならなくなった人を誰かが面倒見なくちゃって。入所者さんがみんな同じ顔に見えました。だんだん慣れて来て、顔と名前が一致して、当たり前だけどみんな違います。みんな違うから面白いです。人と人が関わり合う仕事です。競争なんてありません。あるのは気持ちかな。その人を思う気持ちかな」

ヒグラシが鳴き始めた。話に夢中の二人には何も聞こえない。

隣の家のベランダで汗だくになりながら、涼んでいる、もう一組の二人がいることにも気付いていない。

「保のやつ、今日は言うじゃないか」

「しっ、黙って」

好奇心はいつだって生きるための大切な原動力なのだ。

「俺、人との関わり合いが一番大事だと思ってます。人と関わることで俺、変わったんだ。居場所が見つけられたんです。俺はひとりじゃないんだ。俺を心配して守ってくれる人がいるんだって分かって。だから今度は俺が人を大切にします。介護の仕事は俺にピッタリなんだ。人と関わる仕事です。介護の仕事は片隅の仕方のない仕事なんかじゃない。むしろ真ん中の大事な仕事です」

「人を、大切にする仕事、こんな仕事ほかにもあるじゃないですか。保育、教育、医療だってそうかもしれない。それを真ん中にどんと置いて。そうすればみんな安心して暮らしていけます」

　保が輝いていた。言ってみて納得してまた言う。

　理恵は黙って聞いている。若さなんだ、私にはない、若さなんだと思う。少し寂しい。

「そっか、金を稼ぐ仕事は、むしろ派生した仕事なんだ。そっちが従で俺らが主なんだ」

「ねぇ、田口さん。競争がない社会がいいですよね。安心して人と仲良くして暮らせる。当たり前の社会がいいですよね。そういうことをみんなに分かってもらえばいいんです」

「そっちのほうが絶対いいんだ。そのほうが進歩だってするんだ。競争で進歩するんじゃない。安心して暮らせたら、みんないろんなことが考えられるようになって」

夢見るように保は言う。理恵は今はもう黙ってうなずくだけ。ほんとはこの男だったら、父と母のように相手を支配したり従属したりすることのない、新しい男と女の関係が築けないだろうかと夢想していた。でも違う。保の若さを眩《まぶ》しいと心底思った
静かな時が流れた。

扇風機は相変わらずカタカタ音を立てながら二人に風を送っている。理恵の髪がひとすじ風に揺れた。

「ねぇ、田口さん。いつだったか、河川敷の話をしたでしょう」

「ああ、ワンちゃんに逃げられたって話」

「そうです。ワンコに逃げられて死にはぐったたって話です。それからいろいろあ

って吉野さんに会って、おっきなおにぎりをもらって、通りすがりの小さな公園で食べたんです。喉が渇いて水飲んだんです」

「知ってる知ってる。そのとき女の人の声が聞こえた」

「そうです。俺の心の中の女の人の声です。それからその女の人と話すようにしてます」

「だけど、返事は返って来ません。俺は女の人ならなんて言うかなって想像するようになりました」

そこまで言って、保の声は急にトーンが弱まった。気弱な表情が顔に表れた。

「女の人の声、田口さんの声で想像するようになりました」

「……あの、それって、どういうことでしょう」

「どういうことって……あの、そういうことだと思います」

「そういうことですよね。あの、やっぱりそういうことですよね」

屋外の二人は首を傾げた。

「どういうこと」

「どうって、そういうことだよ」

ため息の出るような長い時間が、そうは言っても一呼吸二呼吸の時間が流れただけだったろうか。つばを飲み込んだ保が

「いいんですか」

と言った。またしばしの沈黙の後

「いいんです」

理恵が答えた。

ベランダの二人は顔を見合わせる。小さな声で

「いいんですか、いいんです、だって。ということはそういうことだよね」

芳江が笑う。

「そういうことだよ。それにしても固いね、あの二人」

悦子は噴き出して、二人で小さなハイタッチ。

ヒグラシが一層激しく鳴き始めたようだ。

秋の夜、いつもながら吉野の家のちゃぶ台はにぎやかなのだった。

昼前、野菜を持ってきてくれるいつもの山田さんが到来物《とうらいもの》のお裾分《すそわ》けだよと言って一升瓶《いっしょうびん》を持ってきてくれた。それで今夜はお酒の入った豪華版なのだった。みんな大喜び。いつも以上に羽目《はめ》を外して食べたり飲んだり歌ったり。酒が一滴も飲めない理恵まで鼻の頭を赤くしている。これだけ騒いでも隣近所から苦情が出ないのはみんな一度や二度は吉野のご馳走に与《あずか》っているから、なのかもしれない。

「あぁ、食った。食った。もう食べられねぇ」

誰かがそう言って畳の上にごろんと横になった、釣られてひとりまたひとり。ちゃぶ台に足を突っ込んで放射状に皆寝ころんだ。天井が高い。

「あんなところにシミあるぞ。あれはきっとネズミのしょんべんだな」

「やめてよう」

笑い声が漏れる。

この家を一歩外に出れば、みな何かしらの問題を抱えている。それでも今は、せめて今だけでもたゆたうような幸せ気分に浸っていたい。みな同じ気持ちだった。満腹の満ち足りたお腹を抱えて誰も何も言わなくても心が通じた。互いの吐息が身近にあった。

虫の音が聞こえる。

「秋だよな」

「秋ですね」

「秋って、なんでこんなに寂しいんだろな」

「秋じゃなくて、おまえの人生が寂しんだろが」

「ちょっとお、誰かこの無駄に長い足何とかしてよ、足伸ばせないじゃん」

「……」

「いいな」

「うん、いい」

「手を伸ばせばすぐそこに人がいて、話し声が聞こえて、芳江さんの怒鳴り声も聞こえて、いいよな、寂しくたって寂しくありませーん、俺」

誰かがくすんと笑って、さざ波のように皆に広がった。

女の子がやおら起き上がった。吉野の隣の部屋の女子大生だ。

「ねぇ、今のままでいいんですか。コロナは三年経ってもまだ終わらないし、私なんて全然学校行けてないんだよ。気候変動だって待ったなしだし。ものすごい台風が来たり、南極の氷が解けて、小さな島が水没したり、気温がこれ以上上昇したりしたら、どうなるの。あげくの果てに戦争まではじまっちゃって、物は高くなるしさ。子どもは減って老人が増えて。ううん、今の私にはそんなことはどうだっていい。就活頑張っても仕事は見つからないんだ。この先いいことあるのかな」

脈絡《みやくらく》の付かないことを言うだけ言って、またごろんと寝転がった。

「確かになぁ」

間延びしたあきらめともため息ともつかぬ声が応じた。みな一気に現実に引き戻される。

目の前のそれぞれの現実と。今この世界を覆っている重苦しい現実と。

「気候変動な。このまま気温が上昇したら、五十年後百年後どうなってるんだろうな。人が住めなくなるのかもな」

「二酸化炭素の削減なんて言ってもそううまくいってないだろ」

「うまくいってるわけないじゃん。爆弾次々に打って建物壊してんだもの。ますます増やしてんだよ」

「確かにな、この年って後後《あとあと》振り返ったら、記憶に残る年なのかもしれない。崖っぷちに追い込まれてるのにまた戦争なんかやってしまって」

「戦争はいつもどっかでやってんだよ。知らないだけで」

「でもヨーロッパの大きな国同士の戦争だよ。これからどうなるんだか」

「まさか核戦争まで行かないと思うけど、あぁ、コロナに戦争に気候変動に食糧危機にあとなんだ近づく大地震」

「おまえと同じ、貧乏人の増大」

茶化すように言うが誰も笑わない。

みな、寝転がって天井を見つめたまま、訥々《とつとつ》と思っていたことを口にした。

「もはや泥船ですよ、ど・ろ・ぶ・ね」

「人類もいよいよ絶滅危惧種の仲間入りか」

「あのさぁ、なんも分からなくて言ってるんだけど、AIってどうなの。これからますます便利になったとして人間の仕事奪わない？　仕事無くならない、あたしたちの」

「おまえも俺も余剰人員、かもな」

「八十億か、多過ぎるんだよな。あ、多過ぎる中に俺、入れてねぇや」

軽口のようにも聞こえて、底にあきらめとも不安とも嘆きともつかぬ思いが交錯しているのを言っている本人も聞いている周りもみな知っている。だが何がいけないのか、どうすればいいのか、誰も分からない。

芳江は若い人たちの話をハラハラしながら聞いている。この人たちの未来がどうなるのか。自分たちの時代よりもっと困難な坩堝《るつぼ》に投げ込まれる気がして可哀そうでならない。済まなささえ感じてしまうのだ。悦子とて思いは同じだ。未来は今よりもっと良くなるはずが、もっと大変な状況に追いこまれるような気がして、どうしてこうなってしまったのかという、答えの見つからない問いがまたぞろ駆け巡る。保は何か気の利いたことを言いたいと思ったが、こんなとき何も言い出せない自分が情けなかった。理恵はいいぞ、もっとやれなんて思っている。もしかしたら、ここから見つかるものはものすごく大きなものになるかもしれない。

また一人、皮肉交じりに言い放った。

「いいんじゃないですか、ガラポンでも。どうせ腐りきってるんだから。俺はもう絶望感しかないよ」

「人間が寄ってたかって地球を汚染してしまったんだ。人間はそろそろ退場した方がいいんだよ。その方が地球のためなんだ」

「俺も、前はそう思ってた。だけど、ここを知ってから守りたいんだ。ここ。俺の居場所だから、ここだけはなくしたくない」

ここというときだけ力を込めて、手を伸ばしてグルグルと人差し指を回した。

「でも、ここでなごんでも、何の解決策にもならないよ」

女子大生はもはや涙声だった。

起き上がって、ちゃぶ台の端を揺さぶるようにして
「吉野さん、何とか言ってくださいよ」

女子大生が隣人に助けを求めた。

「おらにも、わがんねな」

突然に話を振られて吉野も何と言っていいのか分からない。起きるのもおっくうで寝転がったまましばらく考えて
「滅びるんだが、滅ばねんだが。……そんどぎはそんどぎだ。なるようにしかならね」

そのときはそのとき、成るようにしか成らないというのが、このごろ吉野の口癖だった。

起き上がって、言葉を選ぶようにして
「んだども、人どいうのはぎりぎりのどぎに思ってもみね力が湧いでくるもん

だ」

そうだった。伝えられることがあるとすれば、長く生きた分の経験と、経験から分かったことしかないのだ。

「振りがえって見れば、おらそんなごどが何回もある。おらはときたま思ったもんだ。この力を引き出すために困難のほうが寄って来るんでねがってさ。なぁに、こういうどぎは何回もあって、そのたんびになんとがしてきたのも人間でねが。人の力を信じでいいんだど思う。腹をくぐって楽観すればいいんだ」

ひと言ひと言区切って言う言葉には力があった。ひとり、またひとり起き上がって
「腹をくくった楽観かぁ」

「腹をくくった楽観な」

「覚悟するってことですよね。希望を捨てるなってことですよね」

「あの具体的にどうすれば」

小さな声で誰かが言って、それに答えたのは保だった。

「いずれ大波が来る。とんでもないやつがさ。乗り越えるためには結局、人なんだ。人と人とのつながりなんだ。だから輪っかを強くする、輪っかを拡げる。このちゃぶ台は俺たちの小さな輪っかなんだ。仲間なんだ、みんな」

保はこの日初めて言いたいことが言えたような気がした。

「んだよ、流されないで、みんなで立ち向かうごどだ」

また東北弁になっていると芳江は思った。どうも東北弁は腹に力を入れるときに便利な言葉らしいとチラリと思った。そのとき、悦子が立ち上がった。

「腹をくくった楽観、か。芳江さん、みんな聞いて。おら、ううん。私ここ出て行く。子どものころからずっと人前で演じたいというのが私の夢だった。それがこう私の一本筋の通った生き方だ。それを誇りに生きてきたんだ、どうしようもなく疲れて芳江さんを頼って居候を決め込んだけど、こんなんじゃだめだ。私も腹をくくった。やっぱり路上に戻る。路上でひとり芝居する」

「えっ、ここ出て行くんですか」

理恵が言った。たった今、みんなで力を合わせて立ち向かおうと話したばかりなのに。

芳江がぴしゃりと
「……はぁ、なにひとりで気負《きお》ってるの」

「駅前でもどこでも芝居してまた帰ってくればいいじゃない。待ってるよ、いつだって。みんな応援団だよ、私は」

「あ」

厳しい環境に身を置かなければ芝居ができないとどこかで思い込んでいた。一番大事なものを手放さなければ、それほどの犠牲を払っても貫きたい、自分を表現することが一番大事なことだった。でもひとりじゃなかった。

帰っていいんだ。ここにいていいんだ。

「あのう、それってどうしてもひとりでやらなければなりませんか」

「よかったら、俺、歌うたいます」

そうきっぱり言い切ったのはいつぞやの谷口だった。あの気弱な男が変わっていた。

「私、踊る。やったことないけど」と女子大生。

「え」

驚いて目を見張る悦子の顔がしだいにほころんできた。

「そんな簡単なことじゃないよ。一銭にもならないんだよ」

「悦子さん、私このままじゃダメなんです。何の解決にもならなくてもいい、何かしていたいです。めちゃくちゃ体動かしてみたいです」

女子大生の目は真剣だった。

「面白ぐなって来たな。おらもかだる」

吉野が肩で息を切らしながら立ち上がった。

いいかげん吉野の東北弁に慣れ切っていたはずの面々も、かだるの意味が分からない。

すかさず芳江が口寄せする。

「かだるというのは、仲間に入るってこと、一緒にやるってことだよ」

「さ、おめだぢもかだれ、立ぢ上がれでば」

吉野が気炎《きえん》を上げた。

「え、俺らもですか」

「なに、おらのちゃぶ台のごっつおうを食うだけ食らって、何もしねってが」

吉野のひとにらみが利いた。皆よろよろと立ち上がる。

「何すればいいんですか」

「我れのあだまで考えろ、我れで動げ、自由に動げ、踊れ」

「えぇー」

「ちゃぶ台三周」

悦子の声も頼もしい。

みんなそろそろとちゃぶ台のまわりをまわり始めた。手を足をどう動かせばいいのか、気恥ずかしくてぎごちない。そのうち酔った勢いでやけのように大胆な身振り手振りをする人も現れ、あらよ、ソレソレ。吉野の掛け声も背中を押した。笑い声がもれる。思い思いに手を動かし足を動かし始めた。動き始めたら、面白くなってきた。ためらいが消えた。なんというかとても自由な気分。人の動きなんか気にしない。なりたいものになる、なりきって踊ろう。そう思えば、自然に手が足が弾んだ。身体が勝手に動いた。動けば動くほど気持ちいい。こんなことで。いや、こんなことだから楽しいのだ。みなそれぞれの頭の中、音楽が鳴り響き、それに合わせて踊った。この解放感がたまらない。

保は足を踏み鳴らし体を揺らした。かがり火の中で収穫を祝い踊り狂う原始の男、闇と光の中でただひたすらに吠える男。「ウォ、ウォ、ウォー」いつかあこがれた原始時代に今、俺はいるんだ

私の人生、芳江は思った。台所で這いずった掃除洗濯下《しも》の世話食事の支度、それだけだった私の人生、そう思ったら自然と体がそれをまねてた。そしてあのネズミ、私の心のあのネズミを思えばじっとしてなんかいられない。動け回れ動け回れ動け、私はエネルギーの塊だったはず。

故郷の盆踊り歌、今やっと懐かしいと思えるようになったあの顔この顔。ひとりひとりの顔を思い出しながら、今私はこうやって生きているんだと、ゆったりと吉野は舞った。息子よ、見ているか。

私はクジラ。海面を浮上して潮吹くクジラ。しゃがんで縮こまって、跳ね上がって大きく手を広げる。そうだった。動くことは生きることで、生きることは喜ぶことなんだ。「わぁーっ」理恵は叫んだ。

ゆらゆると、ゆらゆると悦子は踊った。少女から婆さんまでいろんな女を演じ分けたい。それが夢だったのに叶うことなんかなかった。仲間はみないなくなった。だけど今、思いがけない形で人が集まった、これからなんだ、まだこれから。

吉野の狭い部屋の中、ちゃぶ台のまわりをグルグルと、互いの手がぶつかり足がぶつかりしながら、夢中で踊った。息を切らしながら、それでも動くことは止めず、合間合間におもしれえ、楽しと叫ぶ。

それでまた動く踊る。踊ってひとしきり踊って

「こんなのひとりでやったらバカみたいだけどさ、みんなでやるからいいんだな」

と笑い合う。

「ああ、疲れだ。もう勘弁してけろ」

胸のあたりを抑えて吉野が踊りの輪を離れた。腰を曲げてよろよろしながら、吉野の定位置奥の椅子に腰かけた。それがあんまりつらそうで保は心配になったが
「もっとやろう。踊り足りなーい」

その声に押されて吉野から目が離れた。みんなはすっかり調子づいている。今度は振り付けしてそろって踊ろうとしていた。

「両腕を伸ばして左右に振って、右足から」

声を掛けているのは谷口。みな笑いながら応じた。

「これってさ、幕末《ばくまつ》のあれに似てない」

「ああ、ええじゃないか運動」

理恵が言ったか言わないうちに
ええじゃないか、ええじゃないか、ヨイヨイヨイヨイ、ア、ソレ、ア、ソレ
ええじゃないか、ええじゃないか、ヨイヨイヨイヨイ、ア、ソレ、ア、ソレ

声に声が被《かぶ》さってにぎやかに歌い上げた。
ちゃぶ台の皿小鉢まで手に取って箸で鳴らして、踊った。
そのうち、お玉杓子《たまじやくし》が保に向けられた。
ア、ソレ、ア、ソレ
即興で歌えと言うのらしい。保は声を張り上げる。
ワンコ見てるか、俺は生きてる。あのとき死なないでほんとに良かった
どっと笑いが起こり、また踊り始めた。
ええじゃないか、ええじゃないか、ヨイヨイヨイヨイ、ア、ソレ、ア、ソレ
ええじゃないか、ええじゃないか、ヨイヨイヨイヨイ、ア、ソレ、ア、ソレ
次々にお玉は回され、みな即興で歌い踊る。
理恵にお玉が回された。
院を出たけど、仕事がないや。仕事はないけど、仲間がいっぱい
照れくさそうに歌って踊った。
芳江が踊る。

悦子が踊る。

ええじゃないか、ええじゃないか、ヨイヨイヨイヨイ、ア、ソレ、ア、ソレ

ええじゃないか、ええじゃないか、ヨイヨイヨイヨイ、ア、ソレ、ア、ソレ

奥で手拍子をする吉野が

「こうやって継がれでいぐんだな。これでいいんだべな」

ぽつりと言ったのは笑いにかき消されて誰も知らない。

ちゃぶ台の酒宴は深夜まで続いた。

萬葉通り商店街に通じる最寄りの駅の広場で思い思いの衣装を凝らして歌い踊る一団が現れたのは、まだもう少し先の話である。

師走《しわす》になった。

日差しはあるが、吹く風はやはり冷たい。

その日、吉野に誘われて芳江も悦子も昼過ぎから吉野の家にいた。湯呑茶碗を両手でくるんでちゃぶ台から身を乗り出すようにして吉野は言ったのだ。

「じれったくて、もう見でいられねでば」

進展しそうでなかなか進展しないふたりのことだった。

「何とかしねばわがね」「ここはもうひと押しするが」とも言った。

「うまぐいぐが、いがねが、なぁにそんどきはそんどぎだ」

「何とかなるもんだでば」

吉野は笑った。

「んだな。んだ」

話を聞いた二人にもちろん異存があるはずもなく。年を取るとどうしたって気持ちは急くのだ。煮え切らないふたりを早く、何とかして何とかしたくてひと芝居打とうと決めた。

ああしてこうして。筋書きは悦子が書いた。芳江が準備した。三人ともノリノりだったのだ。ちょっとした余興のつもりでもあった。

夜になった。

「吉野さん、もうそろそろ来るよあの二人。いい、セリフ忘れないでね、電気消すよ」

悦子が慌てて出した。

「目薬、ここ置くよ。私たちはあとから来るから」

芳江の鼻息が荒い。

「保のやつ、どうでるか、楽しみだ」

「吉野さん、笑わないでよ。ここは思い入れたっぷりにね」

「分がったってば、任《まが》せで、大丈夫だよ」

吉野は終始上機嫌だったのだ。伊達《だて》に年を食っていない、あのときこのときを思い起こせば、涙の一つぶや二つぶ簡単に流せそうだ。

部屋の明かりが消えて、暗い室内にひとりになった。さっきまでにぎやかだったのにひとり。取り残された気分になった。いつもの見慣れたさびしさだけがそこにある。身に添うさびしさは、今となれば優しく抱き寄せてほおずりしたくなるようないとおしさがあった。思えばずいぶん遠くに来たもんだ。いつか……。いい。そんどぎはそんどき、なるようにしかならね。

さあ、気を取り直して。もうすぐ始まる。なんだか知らないが動悸《どうき》がしてきた。胸を手で押さえながら、吉野は待っていた。自分の荒い息づかいだけが聞こえた。

しばらくして、アパートの玄関先のほうから足音がし出した。

いよいよだ。吉野は大量の目薬をさした。用意は万全だった。

「あれどうしたんですか、電気も付けないで」

いつもの開け放した明るい玄関ではない。保がすぐに異変に気付いて、慌てて電気を付けた。

ちゃぶ台の脚を畳んで、壁際に立てかけ、その前に足を投げ出して寄りかかって泣いている吉野がいた。鼻をかんでくしゃくしゃにした大量のティッシュが撒《ま》き散らされてあった。

「えっえっ、どうしたんですか、吉野さん」

理恵がすっ飛んできた。思い通りだ。胸を手で押さえたまま、

「料理が作れなぐなった」

ポツンと言った。

「すぐ前のことが思い出せなぐなった。砂糖を入れだが、醬油を何杯入れだがも覚えられね。もううまぐね料理しか作れねんだよう」

荒い呼吸のまま、できるだけ悲しく寂しそうに言ってみた。そしたらほんとに寂しくなった。

「料理が作れなぐなったら、もう誰もおらのどごろに来てくれなぐなる」

「そんなことないですよ。私は」

理恵が吉野の手を握ってくれた。保も肩に手を掛けた。二人の手が思ったよりずっと温かかった。

そこに芳江と悦子が手はず通り押しかけてきて、口々に
「どうしたの、どうしたの」

みんなで膝をついて周りを取り囲んだ。いつかどこかで思い描いたシーンに似ている気がした。心強かった。言葉がするすると出てきた。

「おらのちゃぶ台に誰もいねぐなる」

胸苦しい。いつかそんな日が来るのかもしれない。仕方ないことだ。

「おらはひとりぼっぢなんだ」

ここぞとばかりに泣いた。何も思い出さなくても自然に泣けた。おどけても見せた。

「なぁ、芳江さん、あのマスクのガーゼまだあるが。あったらあれで、おらの白《しろ》装束《しょうぞく》作ってけろ。おらはもうダメだ」

「何言ってんの。あるけど、あれスケスケだよ、寒いよ」

芳江がうつむいて小刻みに震えている。泣いているように見えた。

理恵はこの辺りから何か気付き始めている。

「いいんだ、おらはそれでいいよ」

また寂しげにポツン。胸から手を離した。さっきから気付いていたが、それはそれ、いいんだ。

「吉野さん」

「俺がいるじゃないですか。寂しいこと言わないでください。大丈夫ですよ。吉野さんが具合が悪くなったら、俺がいます。ご飯をひとさじひとさじちゃんと食べさしてあげます。お風呂にだって入れられます。うんこしたときはお尻をきれいにしてあげます。だから、何も心配いらないですよ。安心してください」

そう言ってくれた。吉野は笑った。やっと最後のセリフを言った。

「……おらは、家族が欲しがったんだ」

そこまで言って、急に視界がぼやけた。笑ったままだった。

「家族ですか」

吉野の願いだったら何でも聞き入れてあげたい。立ち上がって
「そうですか。……俺、田口さんと、理恵さんと一緒になります」

「え、私何も聞いていませんけど」

「今、言いました」

やっと踏ん切りがついたのだ。理恵の手を引っ張って笑った。

そういうことだったんだ、やっと狙いが分かった。なら、有難くこの話に乗っかろう。理恵はそう思っている。保はまだ全然気付いていない。

「ねぇ、吉野さん、三人で暮らしましょうよ。良かったら、芳江さんも悦子さんも」

理恵を見つめたまま、保はそう言う。

「ねぇ、聞いたよね、ちゃんと聞いたよね」

うまくいった。芳江と悦子は二人を取り囲んで、手を取り合って喜んでいる。

吉野は笑ったままだった。

保の提案はすぐに却下された。

「邪魔なんかするもんか、それより二人で幸せになりな」

浮かれた二人は言葉が止まらない。

「吉野さんの白装束より、理恵ちゃんのウェディングドレスのほうが先かもね」

「あ、でもさすがにガーゼでそれはないか」

「あ、ひょっとしたら、産着《うぶぎ》かも」

「産着かぁ」

とたんに悦子も芳江も顔がとろけだす。顔を赤らめる二人を突っついて
「さぁ、そうと決まったら、ぼんやりしちゃあいられない。こんなことはね、傍《はた》でてきぱき動かないと決まるものも決まらないんだ」

「来年だね、正月早々。ねぇ、吉野さん」

振り返って吉野を見た。そういえば静かだった。

「あれ、吉野さん」

「吉野さんてば」

悦子の顔がゆがんだ。弾んだ部屋が一瞬にして凍り付いた。近寄ってみな口々に名前を呼んだ。

「嘘だ、吉野さん、何とか言って」

「芝居は終わったんだってば」

芳江が縋り付いた、吉野の体がぐらりと揺れた。

「俺、医者、救急車呼んできます」

立ち上がった保に一瞬の沈黙の後、芳江が悲鳴のように叫んだのだった。

「待って、いい」

「でも」

「保、理恵ちゃん、吉野さんの手、握ってあげて」

「悦子さん、良いよね」

悦子は何も言わなかった。ただ深くうなずいた
「吉野さん、分かっているよ。これでいいんだよね。あんたは今、神様と、合体しているところなんだろ。喜ばしてあげてんだろ。当たり前だよ、神様喜んでるよ。あんた立派だよ。みんな知ってるよ」

耳元で芳江が叫んだ。

「吉野さんは人の喜ぶ顔が好きなんだ。笑ってあげるんだ」

悦子がそう言って泣いた。

「ちゃぶ台の光背《こうはい》」

気が抜けたように理恵が言う。

「うん、このもじゃもじゃ頭、螺髪《らほつ》にみえないこともない」

頭を撫でながら芳江が笑って泣いた。

「うわぁ」

獣のような吠え声で保が泣いた。


逃れようがない悲しみというのがある。

どんなに幸せな世の中がやって来たところで、別れの悲しみだけはなくなることがない。

生きて死ぬものの約束。それでも人は生きていかねばならない。

死者の思いを受け継いで、生き抜くこと。

死の悲しみは生きる原動力になる。

死はむしろ生者のためにあるのかもしれない。

第六話　籠もよみ籠持ち

駆け出しの神

お山に小雪の舞いかかる
八角《はっかく》お山の前垂れに
三度の雪が降るころにゃ
里にもやれやれ苦雪《にがゆき》の降る

曇天《どんてん》の空から今冬一番の雪が降りてきた。薄墨色《うすずみいろ》のただでさえ暗い夕暮れ時の肌寒い今時の森閑《しんかん》とするただなかに、一人黙々と歩む媼《おうな》在り。寒さに凍《こご》えた道の薄く降り積もった雪を踏みしめる湿り気を帯びた音のみあたりに聞こゆる。

嫗の姿面妖《めんよう》にて齢《よわい》八十の坂を越したと見ゆるに、すっぽり被《かぶ》った暗赤色《あんせきしょく》の角巻《かくま》きの下に見える白髪わずか、顔深く刻まれたしわの上に白粉《おしろい》をはたき、ほほに紅《べに》を差し固く閉ざされた唇にはみ出す赤い口紅、角巻の房飾りの下に見えるのは黒いもんぺ、白足袋《たび》、爪皮《つまかわ》のついた下駄《げた》。

嫗の歩む先には八角お山の社《やしろ》在り。

社の山門をくぐれば、両脇にうっそうとした樹齢数百年の杉木立、苔むした灯篭《とうろう》のあり。

その一木一灯をあたかも人であるかのように撫でさすり、会釈し、笑みを浮かべる嫗は誰ぞ。嫗一瞬虚空《こくう》をにらみ、その時確かに目が合った。

私にはばあさんが住み着いている。若くてハンサムな男でもあればいいものを、よりによってばあさんである。ばあさんだけでない、おかっぱ頭の女の子やら、若い娘やら、声だけで姿かたちのわからないのやら、一回こっきりお出ましいただいてなにやら話しかけてすっといなくなってしまうのやら、有象無象《うぞうむぞう》が眠っていて、なんと言うことなしに浮上してあれこれとものを言う、もしくはじっと私を見る。うざったいことかぎりがない。

　いったい、いつからそういうことになったのか、案外私が思っているよりもずっと以前からいたのかもしれない。ただそのころの私は、現実の生活のほうが楽しくて心奪われていて、その声に気づかなかっただけかもしれない。

　私はどうやら単一ではない。そう思うようになった。私が私として支配の及ぶ領域はほんの上《うわ》っ面《つら》だけ。大勢の魑魅魍魎《ちみもうりょう》が闇の中に蠢《うごめ》いていて何かの拍子に浮上して表層の私に言問《ことと》う。もの言う。普段ならばせき止め、聞こえない振りをして、何とか私という実体の一定性を保とうとするのであろうが、もはやその必要性も感じない。むしろその声をもっと深くもっと確かに聞こうと思うようになった。

うんざりするほど長い無為の時間が流れるようになったからである。

ばあさんが手招きしている。

どうやら、話を聞けといっているらしい。

私はおずおずと近寄り、ばあさんの足元にひざまずく。そうやってばあさんの話を聞く。とはいっても、言葉は一切介在しない。なんというかイメージだけ。スライド写真というか、紙芝居というか。ばあさんの人生が一こま一こま現れてはすぐ消える。もう少しゆっくりとか、今のところもう一度見たいと思っても、それはできない。あちらペースの高速の早送りでばあさんの人生の状況がイメージとなって送られてくる。こっちはそれはどうのなんぞと口を挟《はさ》むゆとりもない。ただイメージとして流れるのをイメージとして受け止め便宜的《べんぎてき》に言葉に翻案するだけである。

赤ん坊がヨチヨチとこちらに向かって歩いてくる。朝日を浴びた赤ん坊の頬はてらてらと光っている。若い男女が赤ん坊の後ろに現れた。父と母なのだろう。赤ん坊の両脇には兄弟とおぼしき子ども達が歩いていく。それがどんどん成長していく。赤ん坊はくつくつと笑うおかっぱの女の子になった。家族の後ろに大勢の人たちも見える。一人欠けたり、新しく仲間が増えたり、増減を繰り返しながら一人ひとりの顔は少しずつ老いていく。女の子はいまや瞳を輝かせた若い娘である。日差しは正午。娘の背後に短い影を作っている。娘の脇に突如若い屈強な青年が現れ、気づくとほほをばら色に輝かした女が腕に赤ん坊を抱いている。やがて女の周りには小さな子供たちがいっぱい。幸福感を漂わせた女はふわふわと歩いている。女の後ろの男と女は年老いて知らぬ間に消えていった。午後二時の日差しはきつい。小麦色に焼けた女はまっすぐ前を見て歩いている。女と併走していた男が忽然《こつぜん》と姿を消した。歯嚙《はが》みした女がぎちぎちと土を刻むように歩いている。女の顔に老いが見え隠れする。

夕日が女の顔を赤く染めている。女は遠くを見るまなざしをして歩くようになった。気づけば女の周囲の人影が一人減り二人減りしていく。女はしだいに背を丸め後ろを振り返りながら歩く。女の影が長く伸びている。

群青《ぐんじょう》の夜空に星がまたたいている。女はたたずんで、道端の野菊を手折《たお》って月に翳《かざ》したり、手のひらの虫に話しかけたりしている。もはや女の周囲に誰もいない。

媼のひたいに小雪がひとひら舞い落ちる。その冷たさが媼を一瞬にしてわれに返し、媼また社の長い参道を静々と歩く。

社の中央、お堂の前の石畳にかねて用意のかがり火をたく。深まり行く暮色の中にかがり火の赤夜空に映えて、火のはぜる音のみあたりにこだまする。

火に照らされた媼の顔には静かな笑みがこぼれている。角巻きを脱ぎたたんで石段の上に置くとゆっくりお堂の前に歩み出て長い間丁寧に拝礼した。

その姿は長い年月とともに歩んだ親でもありはらからでもあり友でもあったような人とももののともつかぬものへの限りのない感謝の気持ちに溢れている。

あとずさりしながらお堂を降りると、振り向いてかがり火の赤をしっかりと見た。

とたんに頬は上気し童女のような笑みさえもを浮かべ背すじも伸びて、嫗一瞬にして若やぐ。まわりを見渡し、ゆっくりと言葉をついで話し始めた。

その声は目には見えないが確かにあるものへの哀慕《あいぼ》であり優しい愛撫のようにも受け取れた。

――ずっと好きでございました。わだくしのあこがれ、わだくしのほこり、このお社のこの手踊りときたら。その艶なることどこに比べても負けることなどあるものか。あぁ、笛の音、鉦《かね》の音、中でも、拍子木《ひょうしぎ》を打ち鳴らす冴《さ》え冴《ざ》えとしたあの音、あの音が一本きんと夜空に響けば、踊り手には頭から手足の先に至るまで雷に打たれでもしたように火柱が走り、その力が我を内側から支えるとはっきりと感じ取れたものでございます。そのみあかしにどの位置にあっても足をいったん踏み鳴らし、振り返ってお社に向かって丁寧にお辞儀する。男は力強く、女はなよやかに、その優美なこと、うつぐしいこと。近郷近在の衆、男も女も老いも若きも集まって、一晩中夜の明けるまで踊りあかした。その賑わいといったら。

うっとりした目を夜空にくれて、嫗静かに謡《うた》い踊り出した。静かな静かな舞である。

牡鹿《おじか》言問ふ
花は咲き、花は散り
この悲しみは
人皆か、我のみや然《しか》る

雌鹿《めじか》答へる
花は咲き、花は散り
この悲しみは
なべてこの世の等《ひと》し悲しみ

牡鹿言問ふ
花は咲き、花は散り
この悲しみに
終わりはありや、果てはいずくに

雌鹿答へる
花は咲き、花は散り

この悲しみは
いずれの日にか、ひかりにほどけむ

媼の耳に笛の音や拍子木の音冴え渡っているのかも知れぬ。懐かしい人々の顔が目に映っているのかも知れぬ。媼は三度謡い三度舞った。謡い終わると、ほっと肩で息をした。疲れたのであろうか、肩が上下に激しく動いているが表情は満ち足りていて穏やかである。

息がしだいに静まると誰に聞かせるでもなくまた語り始めた。

――どういう縁《えにし》なのだろうか。この村の最後を見納める定《さだ》めの一人になってしまいました。始めありて滅びにいたるは是非もなきこと。ただ気がかりはわだくしが死ねばお社をお守り申し上げる人がおりませぬ。取り残されることの寂しさはこのわだくしが一番よく知っております。婆も歳を取ってしまいました。もうこの冬は越せません。もうこの冬は。

衰えに衰えてお社もこのわだくしも自然に朽《く》ち果てるのもひとつでございましょう。

だが、わだくしはそうはしたくありませぬ。ずっと定めに殉《じゅん》じて参りました。為《な》すがまま、為るようになってきたのです。せめて一矢《いっし》、八角お山とこのお社をお祀《まつ》りする最後の人として自分と社が確かに生きてここにこうして存しておりますと、にぎやかにあざやかに夜空に浮き立たせる最後のかがり火を焚きたく思います。わだくしの意地でございます。覚悟でございます。

媼決意の一瞥《いちべつ》を夜空にくれた。

――雪が。降り積む雪が見届けてくれましょう。

そう言うなり、媼かがり火の中の赤々と燃える一本の松明《たいまつ》をとりいだし、両の手でしっかり握ってお堂の前に立つと、扉を開けてひと声ほうと投げ入れた。

一条の火が社の床に燃え移るのにさして時間はかからなかった。始め小さな火のくすぶりが見る見るうちに火炎を増して四方に伸び、床を伝《つた》い壁に走って勢いをつけて燃え上がる。

折からの風にあおられて火花ははじけ炎は揺れる。媼目を見開き唇をかんで其のさまをにらむ。

揺れる火炎ほほを撫で髪をいぶるが微動だにしない。

攻めあがる炎梁《はり》に届き屋根に蹴上がりますます激しく燃え盛る。

社ごと大きな松明となり赤い火柱となったそのときに媼かっと夜空をにらみ、そしてやさしくほほえんでさっと火に入る。火勢一段と勢いづいて群青《ぐ》の夜空にひと群れの火柱高々と上がり、天にも届けとばかりに燃え盛る。紅蓮《れん》の炎は夜空を焦がし、風に舞っては空を舐める。杉木立の黒に赤い光うねうねと映り、空に跳ね返って何層倍にも大きく見せる。火炎衰えを知らぬげにいつまでも赤絶やさぬが、社の屋根がどうとばかりにくずれ折れたとき火勢一気に衰えて、さしもの炎も弱まってしだいに小さな残り火となる。あれほどに明るかった空にしだいに黒が増す。火はちろちろと燃えやがて小さな熾《おき》となる。そのうえに音もなく後から後から雪、雪が降りてくる。

ばあさんの話は聞いた。八角お山はすでに私の心にのっぺりとした山稜を横たえてある。

そして思う。何百年後かに私も誰かの枕辺でここにいるよと、こうだったよと話しかけるのであろうか、はるかな夢想である。

装画　後藤美月
ブックデザイン　鈴木成一デザイン室

初出　「文藝」二〇二〇年冬季号～二〇二一年秋季号、
二〇二二年夏季号～秋季号
「駆け出しの神」は書き下ろし

若竹千佐子（わかたけ・ちさこ）
一九五四年、岩手県遠野市生まれ。岩手大学教育学部卒業。主婦業の傍ら、幼いころからの「作家になる」という夢を持ちつづけ、五十五歳で小説講座に通いはじめる。八年をかけて『おらおらでひとりいぐも』を執筆、二〇一七年、河出書房新社主催の新人賞である文藝賞を史上最年長となる六十三歳で受賞しデビュー。翌二〇一八年、同作で第一五八回芥川賞を受賞。沖田修一監督・田中裕子主演で映画化もされた。世界十か国超で翻訳されており、二〇二二年、ドイツ語版 *Jeder geht für sich allein*（ユルゲン・シュタルフ訳）が独の著名な文学賞であるリベラトゥール賞を受賞。

かっかどるどるどぅ

二〇二三年五月二〇日　初版印刷
二〇二三年五月三〇日　初版発行

著者　若竹千佐子
発行者　小野寺優
発行所　株式会社河出書房新社
〒一五一-〇〇五一　東京都渋谷区千駄ヶ谷二-三二-二
電話　〇三-三四〇四-一二〇一〈営業〉
〇三-三四〇四-八六一一〈編集〉
https://www.kawade.co.jp/
組版　株式会社キャップス
印刷　株式会社亨有堂印刷所
製本　大口製本印刷株式会社
Printed in Japan　ISBN978-4-309-03079-1

河出文庫＊若竹千佐子の本

おらおらでひとりいぐも

七〇代、ひとり暮らしの桃子さん。
二人の子どもを育て上げ、
夫婦水入らずの平穏な日々が
続くはずだったのに――。
最愛の夫を亡くし、子どもたちは疎遠。
おらはちゃんとに生ぎだべか？
悲しみの果て、人生の意味を問う桃子さんに、
突然ふるさとの懐かしい言葉で、
様々な内なる声が
ジャズセッションのように湧いてくる。
そして思いもよらぬ賑やかな毎日が――。

解説＝町田康

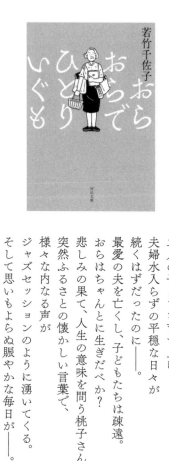